乩童警探
死亡的深度
張國立◎著

凌晨一點五十二分，淡水河岸的馬偕像旁傳出槍響。
漫畫：Peter Mann

沾血的馬偕像額頭上有著指紋。
前方小舟中則遺留一把手槍。
淡水分局警員於兩點十七分抵達現場，
丙法醫與刑事局副局長齊富稍後趕到。

淡水 台北
八里
初步線索顯示：
血跡與指紋屬於女警朱予娟，
手槍與彈頭來源則無法判斷，地面採集的鞋印為女用警靴。
安全+第一
KEEP OUT
小心謹慎
除了槍枝外，線索都指向了行蹤不明的朱予娟。
朱予娟
給我搜仔細了！
是！

線索不足，無法判斷射中哪個部位，
你的意思是？
也無法判斷中槍者的狀況。
要我用失蹤人口結案？
難道她自殺後自己衝進河裡？
我什麼都沒說。
還是你法醫什麼責任全沒，成天窩在冷氣房
陪屍體吃冰淇淋，還嫌今年夏天太早？

我依然什麼都沒說
她才二十三歲
媽的
你小兒子五歲
去吃阿給我請客！
不管是自殺或失蹤案
我都要準備開記者會講幹話了…

叫小蟲來幫忙，
他當過乩童，通靈，問問朱予娟在哪。
羅蟄，綽號小蟲，十七歲前待過宮廟
我早就…不通靈了
老大…

感謝曾正忠於槍枝的指導，
對，畫漫畫的曾正忠，
也是關東橋士官隊出身的曾正忠。

第一部……015
第二部……089
第三部……175
第四部……229

本書為小說，徹頭徹尾的小說，不是電影院，請勿對號入座。

第一部

「你們聽清楚，凡是人，必有可殺之處，找到可殺之處，就找到凶手。挺殘酷的工作基本原則，但他媽的就是原則。不准有意見。」

——刑事局副局長齊富

1

何乃成在七點十一分趕回家。趕，他的人生裡幾乎只有這一個字，趕。不是披星戴月追逐歲月的那種趕，是生活裡擔心藥局的口罩又賣光，擔心濃雲密布會不會突然落下午後雷雨，更得趕去北投市場，菜場賣現釣海產的阿嬤替他留了石狗公，阿嬤總是罵，再不來拿魚，臭了我不管。

房東等他房租轉帳、菜頭急著要他回電、電力公司來了斷電通知、家裡有人可能會餓死、醫院會客於九點結束，還有明早七點的計畫。

用鑰匙開門時他更沮喪地清楚，趕得上氣不接下氣，靈靈卻不在家。沒聞到她洗髮精的氣味，沒感覺她帶著烤地瓜的焦香呼吸氣息。

石狗公不易清理，魚鰭又硬又尖，得戴橡皮手套拿大剪刀地剪，得切開魚腹撈出內臟。一切搞定，等靈靈回來再蒸再煮，但淘米進電鍋不能延誤，日本電鍋費時，不過靈靈說煮出來的飯比較香、不沾鍋。他坐進沙發想看新聞，忘記按電視機的電源，不由自主地睡著。

和往常一樣，夢到把拔摀著胸口，氣若懸絲地說話——說什麼？夢裡的他不能再說「成成，當心瓦斯」，太虛假；他說過一次「照顧你妹妹」，太廢話；他應該說「成成，你這樣做是對的」，可是他沒說。

夢總是空洞、遙遠，不過一旦同樣的夢境出現太多次，他學會如何控制夢的節奏，像是延長把拔的死亡時間，他站在夢的邊緣看把拔虛弱地喘氣，輕聲問：把拔，真的可以嗎？把拔以慢動作拉開兩邊的嘴角，像媽媽走的那天他捧著骨灰罐走在雨中那樣，帶著苦澀的微笑，然後張著嘴未說任何話地垂下頭。

控制夢必須在睡前培養出強烈的意識：我在做夢。

很多年前，當他才進國小，把拔搖醒他說，成成，你做了噩夢，別怕，不管夢到什麼，用力揍他，讓他們怕你。

後來他聽同學說這叫鬼壓床，無形的重物壓在身上，想睜開眼卻睜不開、想推開又使不上力，好像很多人都經歷過，蔡平安是班長，他神祕地拉何乃成到籃球場後面的圍牆：

阿成，你要進宮廟找師仔驅邪，吞香灰，不然你身上的兄弟仔不會走。

把拔笑著說，別聽你同學的，鬼怕人，你年輕，陽氣重，他要是再來，踹他，試試看，用力踹，看誰怕誰。

他試過一次，用盡氣力地踹，當他幾乎虛脫時忽然醒來，枕頭都濕了。把拔坐在他床頭問：怎麼樣？

我踹他，罵他，就醒了。

很好，成成勇敢，嚇不到你了，以後要是再來，更用力地踹他、罵他。記住，你是人，比他們強。

有陣子每天睡前他在肚子裡先罵一長串從電視裡學來的髒話，再對自己說：來呀，看看誰撐得住！

夢裡的鬼沒有形體，灰灰半透明的影子，試過聞氣味，鬼沒有氣味，他從舉不起手腳到後來手腳並用的踹、踢、揍，雖然把拔說他的手腳只是抖動，可是足夠表明和鬼拚命的決心。鬼不怕怕他的人，怕不怕他的人。

沒再來過，他每天睡到天亮，可是不知為什麼地迷上做夢，因為以後的夢裡沒有誰壓得他快窒息，變得很空、很靜，什麼東西都可以放進去，另外一個世界。

進中學迷上籃球，他躺上床睡著前專心想籃球，運球往小丁右邊擠，一個大轉身的左手勾射，小丁來不及攔，球緩緩升空，碰到籃框紅色四方形的左上角，輕巧地落進籃網內。

睡前練習變成他的習慣，有天他夢到練成左手上籃，見球入網時，聽到小丁喊：幹！

對小丁提過夢裡鬥牛的事，他不以為然地罵：騙肖，有種我們現在試試看。

夢和真實世界不一樣，他左手沒辦法勾射，怎麼練就是不行，小丁認為他的手不夠大，抓不穩球。

手小怎樣，他可以在夢裡輕鬆自在地踏歐洲步閃過小丁，一再將球拋投進籃網。

唰！

去死啦，小丁。

把拔走後他的夢亂過，不管睡前想什麼，做的夢都莫名其妙，經常睡一半即醒來，他開始練習接續剛才沒完成的夢。

不喜歡沒有結果。

練習銜接斷掉的夢是記清楚上一個夢，很難，他找到方法，不停提醒自己這是夢，趕快醒，這樣記憶深刻。有次夢見一頭凶惡的狗對他狂吠，他對狗按了自行車上鈴鐺，狗竟然朝他撲來。

不怕狗，他對自己說，醒囉！醒來後他想了想，找出ＢＢ槍，握著再躺回床上。沒多久狗又追在車子後面，他一腳著地當支撐地甩尾迴轉停住車，抓起ＢＢ槍瞄準狗眼睛，連續發射打得狗摔回地面，嗚嗚叫夾著尾巴逃開。

好膽再叫啊！

夢像電玩，死亡不是結束，按返回鍵，重頭再來。後來他領悟人也一樣，這一世死亡，進入下一世重頭開始。人生的尾端有段等待期，然後配《星際大戰》的音樂，畫面跳出「START」。宮廟裡一個老人對信徒闡釋人生是種輪迴，由牙牙學語到掉光牙齒講話沒人聽得懂，口齒不清代表即將進入輪迴，一切由忘記語言開始，他醒悟，夢和人生一致，可以再來一次。

夢裡，他不會死，狗會死，要誰死誰就得死。

鬼不甘心地想回來過，某個好像很久以前壓過他床的黑影躲在夢的邊緣偷偷看過來。他第一次懂成語「鬼鬼祟祟」的意思，吃冰淇淋一半看到裡面有隻螞蟻，打籃球被鞋子裡一顆小石子卡到腳。

他大罵髒話地放開腳步追去，雖然沒追到，但夠爽的。

最常夢到的是把拔，每次夢到放學回家，把拔躺在客廳地板，掙扎地朝他抬起頭，想說什麼話沒說出口地便中斷。他起床撒完尿回去再睡，接上了，把拔從地板支撐起身體，沒事一樣地拍拍褲子，拍拍他頭說：

「我不重要，重要的是你們。記得，成成，你們。」

把拔應該說「成成，你這樣做是對的。」把拔沒來得及說，不過沒關係，他有的是做夢的機會接上。

上樓梯的腳步聲吵醒他，或是一樓開門的聲響就已經吵醒他？九年來不知不覺養成的感覺，即使遠在巷口的腳步聲，他都分辨得出是不是靈靈。

靈靈走路和其他人不同，腳尖尚未著地，腳掌又朝前邁出新的一步。她不是走路，是彈跳。所以沒等靈靈進門，何乃成從斑駁的假皮沙發內立起身，煎魚，該進鍋煮湯的、該醬油燒的。廚房內已瀰漫飯的香味，再炒個高麗菜就完工。把拔沒完全離開，他的「晚餐一定全家到齊才開飯」始終都在。

靈靈上樓梯輕快的腳步聲、開門的碰撞聲、幾乎把紗門拉出軌道的拉門聲、將背包丟進沙發擠出的吐氣聲。

「靈，吃飯。」

「我吃過了。」

「啊，那不要吃飯，吃魚，今天買到現釣的石狗公，難得欸。」
她又穿那條短褲，牛仔褲的白口袋露在鼠蹊外面，屁溝快跑出褲腰。就是不聽，她總是不聽。
「吃不下。」
「我都煮了。」
以為自己腿長，搞不清這個世界有一半是色胚，難道要做哥哥的每天跟在後面當保鑣。
「你煮了你自己吃。」
「為妳煮的。」
最後一句話剛在唇邊成形，何乃成即後悔，石狗公不大，他一個人可以吃下四條，可是他話說得太快，靈靈最恨「為妳」這兩個字。
靈靈果然冷冷看著他。
一切緩下速度，瓦斯的火苗、外面的車聲、空氣流動的速度，還有靈靈走到他身後的腳步。
「再說一次，要吃你自己吃，我討厭你那種『你看我下班忙著去買菜回家為妳做晚飯』的假掰樣子。肚子餓，我自己煮飯，我喜歡在外面吃，都八點了，不是你童話故事裡的白痴小公主。我安排我的生活，你安排你的，ＯＫ？」
醬油燒石狗公，他吸吸鼻子，靈靈沒聞到甜味嗎？
「最討厭你故意讓我罪惡的樣子，拜託，不回家吃飯一點不罪惡，我在SEVEN吃涼麵，吃得又飽又爽。再說一次，暑假剩下十幾天，進大學我馬上搬出去，我在夜市牛排攤、韓國服裝店打過工、會搞定自己，不用你再『為我』。」

他盛出炒菜鍋內的魚，上面鋪同樣醬燒的蔥，再提起湯鍋，熱蒸氣霧了眼鏡。一年前起所有事情逐漸發生變化，靈靈愈來愈晚回家，愈來愈不在意他做的飯菜，或許和她青春期有關，所有的叛逆可以用青春期三個字義正詞嚴地掩飾，可是誰在意過他的青春期，他有過青春期嗎？難道把拔走的那天連他的青春期一起帶走？

照樣盛了兩碗顆粒分明的白飯，他吃他的，另一碗，另兩條魚，大不了全倒進廚餘筒，晚上送進垃圾車。

靈靈，輪到妳丟垃圾！

他放下筷子，忘記拿出來。將背包內的衛生紙、牙膏、浴帽、衛生棉收進洗臉台下面的櫃子。和以前一樣買兩種衛生棉。沒有把拔，他是把拔；沒有馬麻，他是馬麻。

不會，靈靈不會照顧自己，生活不是單純的在哪裡吃飯、吃不吃石狗公而已，生活複雜多了，必須用最殘酷的手法才能生存下去。靈靈，成長的營養來自血與肉，妳知道的。

靈靈，又到增加營養的時候，他們追來了。

2

女警朱予娟的鮮血灑在馬偕銅像的臉上，疑似她的警槍淒涼地被棄置於馬偕面前的小艇內，像遊客遺忘的空寶特瓶般。摸摸槍管，微涼，距黃昏有段時間，離清晨尚漫長的等待。

她剛滿二十三歲，只比台鐵列車上殉職的警員李承翰小七個月。

一八七二年三月九日下午三點，加拿大籍的傳教士馬偕博士搭乘輪船在這裡登陸，他手捧聖經為陌生的土地與人民祈禱，之後他建禮拜堂、建學校、建醫院，淡水從此和馬偕畫上等號。

誰也沒想到朱予娟在此留下鮮血與槍，人竟不見了。一旁馬偕博士仍無聲地默禱，為這名信仰媽祖與月下老人的異教徒誠心祈求上帝的賜福。

槍聲響於凌晨一點五十二分，附近開店的七十一歲陳聰明老先生因睡不著，出門到海邊散步，他點著菸的剎那間聽到槍聲，當時他以為出門去基隆補魚貨的兒子又打不著鈴木老貨車的引擎，不自覺地看了手錶，一點五十二分。太早，平常兒子四點才出發。

接著陳老先生直覺地向槍聲響處走去，路燈照在捧聖經跪著的馬偕銅像，他臉上淌著往下滑動的血，再看到面前同一藝術家雕塑的小艇內躺著一把槍。黑暗中有晃動的影子，陳桑嚇得掉頭便跑，跑到捷運站才想到打電話報警。

陳老先生以為看到的是鬼，鬼打了馬偕一槍，銅做的馬偕博士額頭中彈流下鮮血。

他看不到鬼，看到槍和血。

淡水分局警員於兩點十七分抵達現場，台北市來的丙法醫則被警車以一百二十公里的時速送到淡水。三個小時後新北市鑑識人員初步整理出六個線索：

·馬偕額頭採出女警朱予娟的指紋。
·查證遺留於現場的槍枝上生產序號，既非警槍，所有人也非朱予娟，可能為黑市的私槍。正比對槍上指紋。
·周圍未尋獲朱予娟與她的警槍。
·找到一顆彈頭，卡在馬偕身後河堤的步道縫隙，彈頭留下撞擊的磨擦痕跡與血漬，鮮血的血型也與朱予娟相同。正比對彈道。
·馬偕銅像上的鮮血血型也與朱予娟相同。
·銅像周圍的地面採集到警靴鞋印，尺寸與朱予娟相同。
除了陌生的槍隻，現場留下的線索均與朱予娟相關。

鑑識人員提供意見，朱予娟遭槍擊時應站在馬偕銅像右側，中槍倒地前一手扶住馬偕的額頭，由此推測，她倒下時必躺進小艇內。

不過——小艇內沒有血，馬偕的臉上才有。

淡水分局回報，朱予娟與另一名女同事於淡水新市鎮新建的住宅大樓內賃屋同住，該女同事表示，朱予娟一晚上沒回家。

不太尋常，朱予娟母親住在新北市山區的石碇，交通不方便，她很少去探親。執勤後每晚一定回到住處，靠附近的自助餐店與肯德基打發三餐，生活單純。這晚朱予娟值夜班，留下血，人卻不見了。

八月了，淡水的日出時間為五點零五分，當第一道曙光射在馬偕銅像，所有人清楚地看見馬偕的眼眶掛著已凝結的果凍眼淚。

專業潛水人員從淡水河裡伸出空手，沒找到屍體。市政府環保局的垃圾車一向進大街小巷收垃圾，沒見到任何屍體。包括新北與台北二市的醫院昨晚也未救治過槍傷的病人。

發生槍擊（陳聰明的證詞）、留下血漬（驗出與朱予娟相同的A型）、現場一把私槍（比對指紋不是朱予娟的）、一枚彈頭（沾的血漬也是A型）。

最重要的，找不到朱予娟。

丙法醫繞現場走了好幾圈，他對打筆錄的刑警說：

「你新來的？我姓昺，上日下丙，光明的意思，注音符號輸入法裡不好找？你打成甲乙丙丁的丙沒關係，全台灣只我一個丙法醫，沒有甲法醫，沒有乙法醫，丙法醫是註冊商標，如假包換。」

老人家脾氣不太好，折騰一夜，他是沒有屍體可驗的法醫。不過老丙畢竟經驗豐富，他提醒淡水分局，不久再收到回報：

朱予娟住處沒有遺書。

老丙坐在碼頭等天亮，他思考被子彈射中什麼部位，鮮血會順手臂流到馬偕銅像的額頭。答案很多，不過沒人問他，鑑識組的刑警忙碌地採集毛髮、鞋印、胎紋。沒找到屍體之前，法醫比不出聲的馬偕博士更沒用處。

沒找到遺書，新北市警局倉促地推想朱予娟自殺，儘管現場找不到屍體。

槍響於一點五十二分，陳聰明花了約兩分鐘抵達現場，其中的第一個一分鐘停滯於驚嚇中而浪費，第二個一分鐘他邊跑邊留意四周動態，當時附近並無其他人，凶手能在第一個一分鐘前射殺朱予娟並一分鐘內處理掉她的屍體，於第二個一分鐘的前三十秒逃走，以致於陳聰明沒看到他？

陳聰明口中的鬼影？做筆錄的警員刪除「鬼影」，補上「疑似人影」。

如果朱予娟自殺，她的屍體呢？

新北市警局的自殺推想純粹經驗值的反應，不算答案。

今年一至五月，全台八名警員自殺，一人上吊，一人跳樓，其他六人使用上級配發的德造PPQ M2型警槍射擊自己的太陽穴，六顆子彈、六條命。

PPQ M2是把好槍，特色是沒有保險，射擊時只需上膛，使用者備戰反應更為迅速，可是擔心誤擊，訓練課程中特別要求警員上膛、舉槍、瞄準時，食指務必置於扳機的護弓外，六名自殺警員不屑遵守用槍規定，死時的食指都在護弓內的扳機留下深深的指紋。

六把凶槍鎖在警政署軍械室，它們帶賽、不祥，貼滿大悲咒也無人敢承接。

台灣的警員自殺有如傳染病，人數一年比一年多，每次發生後各級長官當然要求層層檢討，迄今做出的結論不外乎警員的工作壓力太大、工作時間過長而影響正常的愛情與婚姻生活、待遇偏低、退休後不易更換職業。另一項政府比較不願面對的則是新進警員的「流浪」問題，社會上的失業率逐年升高，待遇未見上漲，警察的退休年齡又由五十五歲延長至外勤五十九歲、內勤六十五歲，許多老警員寧可熬到最後一刻，免得退休後仍得為子女的教育費用煩惱。

各縣市政府赤字瀕臨失控邊緣，警局預算緊縮，無法多編警察員額，一度新進警員竟然無單位可去，總算政府重喬各縣市員警編制，為稚嫩、惶恐的菜鳥找到落腳處，卻得再面對位置被老警員佔滿，升遷緩慢的無奈現實。

負債排名第一的某縣政府，一度不發槍套，要求員警自費購買。據說縣長本來主張警槍也由警員自備，分期付款扣薪水，媒體報導後縣長紅著臉否認有此考慮，不過他露出馬腳地表示買防彈背心比警槍實用多了。

是啊，買防彈背心不必編後續的維修預算，買警槍得買子彈，買了子彈年年至少於訓練時消耗若干、過期若干、遺失若干，編購買子彈的預算雖金額不高，終究也是預算。

朱予娟已經編入新北市淡水分局，年資三年，如果想開點當個快樂的小警員，她可以再做四十年的警察，雖買不起台北市新建的大樓，買新北市山區、海邊的舊公寓倒是行有餘力，研判她若自殺，應有其他原因。

為了關注警員的精神壓力，警政署十年前成立「關老師」心理諮詢單位，對降低自殺率未見成效，學者批評關老師流於形式，且心理師的待遇低，很難吸引真正學有專長者加入。

——不叫林老師、不叫張老師，全台灣警察和黑道一樣，共同誠摯與絕對的信仰關聖帝君。對他們而言，神只有一位，姓關。

關公騎著赤兔馬，手持青龍偃月刀，鳳眼瞪圓，臉皮通紅，他看著早疲憊得無力抵抗的曹操與張遼，嘆口氣地讓開路，要士兵「四散擺開」。他沒聽見之後一千多年上百億讀者的吼聲：殺了曹操，殺了曹操。

沒殺曹操，三國這齣戲注定得演下去，恪守信義的關公封神，祂老人家究竟該保庇警察或流氓？多燒腦的選擇啊！

關帝爺手撫長髯端坐於神壇，阻止不了警員頻頻自殺影響年輕人加入警界的意願，間接反映警察絕不是等著分公司股票的理想職業，等同降低警察的社會地位。新任警政署長便把減少自殺人數列為年度工作重點項目之一。

警察若因公殉職，警界長官用「沉痛」形容；警察若自殺，警界長官只能說「我們將改善待遇並盡可能將基層警員的出勤時間回歸規定」。某網路作家對此做出評論：

署長，別鬧了，你的前任、前前任早說過同樣的話。

署長沒公開說，私下這麼抱怨：要我怎麼辦？

刑事警察局與新北市警局屬於平行單位，新北市為台灣第一大地方行政單位，轄內人口四百萬，警局設有組織完善的鑑識中心與刑警大隊，足以偵辦這起凶案，刑事警察局副局長齊富的光臨指導只為一件事：

不會又是警員自殺吧！

齊富的責任在於釐清朱予娟的失蹤案，萬一又是自殺，他得找出能讓社會大眾諒解的理由。意思是——用齊富的語言，他得公然講幹話了。

齊富一語不發地巡視現場，往他殺的方向偵辦是重要選項之一，不能讓警員冤死。凶手可能殺死朱予娟，抱起她的屍體逃走。朱予娟身材精實，一六二公分，四十八公斤，一般男人能輕易背起。找凶手！

馬偕銅像是觀光熱點，現場的腳印、指紋多到能令鑑識人員不能不照樣工作超時、照樣工作壓力過大。目擊者僅老人陳聰明一人，跪在現場目睹一切、慈光普照的馬偕牧師對警方毫無幫助。法醫提供的線索亦有限，丙法醫說的簡單：顯微鏡下，現場遺留的鮮血不含骨質，無法判斷射中哪個部位，當然更無法判斷中槍者死亡的可能性有多高。

換句話說，警方連自殺或他殺也無法推測。

「意思是要我同意新北市警察局以失蹤人口結案？」

「我什麼也沒說。」丙法醫摳摳他的鼻孔。

「不然意思是他媽的又一名警察自殺，先開槍斃了自己，趁斷氣前一百公尺九秒八五地衝進淡水河？我們對記者說，今年自殺的警察已經超過殉職的警員，創下新紀錄，他們發專欄討論警員該不該改配水槍？」

「我還是什麼也沒說。」

「意思是你法醫什麼責任全沒，成天窩在冷氣房陪屍體吃冰淇淋還嫌今年夏天來得太早？」

「我依然什麼也沒說。」

「朱予娟才二十三歲，媽的，比我兒子小五歲。」

「年輕，一朵花的年紀，刑事局齊老大親自出馬營救朱予娟。」

「意思是如果我找不到凶手，對不起朱予娟媽媽，更對不起二千三百萬人的期望？」

「要不要去吃淡水有名的阿給，由薪水微薄的法醫請客。」

「阿給男的、女的？吃完他給我什麼？」

每當齊富心情不好，廢話就特別多，幸好丙法醫習慣了。

「吃完他給你一個紅包，說你在室的，老灰仔擱來噢，朱予娟給你蒼桑，阿給給你青春。這樣滿意吧。」

他們坐在半山腰的阿給店，邊吃邊伸長脖子呵出熱氣。五十多歲戴粉紅色口罩，再戴防風眼鏡，外加透明塑膠防口水面罩的歐巴桑人古意，好心地一再解釋阿給不是店名，是食物名。

「用油豆腐皮包肉燥冬粉，放進油鍋一炸就阿給了？為什麼不阿拿？」

「日文啦，油炸的日文是A-GE，所以叫阿給。」

「音譯？為什麼不意譯？明明是油炸油豆腐。」

歐巴桑偏頭問丙法醫：

「你這個逗陣仔是怎樣了？更年期？」

「他更了五十年了。」丙法醫快樂地回答。

齊富不停地看手機，新北市警局傳新訊息來，他們尊重警界有名的齊老大，或者他們希望把燙手山芋像內野五四三雙殺那樣傳給趕來補位一壘的刑事局。

「如果謀殺後銷毀屍體，依現場狀況，凶手可以架走朱予娟，不必在馬偕面前開槍殺人再搞得鮮血滴滴答答地扛走屍體。如果自殺，屍體會自己走路嗎？」

「我是法醫，檢驗過的屍體兩百多具，沒有走路進來，走路出去的。」

「朱予娟未婚，最近好像有男朋友，她同事說的。」

「那，凶手是她男朋友。」丙法醫對半山腰老店的阿給很滿意。

「她出身單親家庭，老媽四十九歲，在石碇國小教書，老媽已經好幾個月沒見到女兒。」

「悲慘的童年，不完整的親情，加上當警察的工作壓力大，導致朱予娟一時想不開地自殺。」丙法醫吃阿給配冰麥茶，降火氣。

「同事說朱予娟最近常去中正路福佑宮拜媽祖，很虔誠。」

「女警愛媽祖，你們老屁股警官愛關公。」

「她拜媽祖，老丙，她心裡有事。」

「我每天拜土地公，求他老人家保佑我中大樂透，一中獎馬上辭職搬台東，今生今世不見你。」

「她的財務有點問題，當了幾年警察居然沒存款。」

「基層警員月薪五萬，幸好淡水房租便宜，要一萬吧，吃飯、日常開銷、女孩子買化妝品、保養品、一堆瓶瓶罐罐的，你希望她每個月存三萬，一年存三十六萬，三年破百萬？百萬又怎樣，買得起一間廁所嗎？」

齊富拿老丙的話當冷氣口噴送的微塵，看不到，摸不到。

「哦，新北市傳來最新消息，她室友的女警說，有個男人上星期開灰色福特送她回來，好像吵架，她眼睛紅的。」

「凶手開福特，遜了點，開法拉利的話，刑事局就打了類固醇，極度亢奮。」

「開屁。老丙，監視器沒拍到福特的車牌，沒拍到凶手槍殺朱予娟的畫面，連一輛汽車也沒拍到。什麼爛設備，市政府有預算供三位副市長輪流出國考察，沒預算換監視器。」

「不要對人家出國心生醋意，而且疫情發生以後，沒人出國了，省下很多預算，你可以建議變更預算科目，替基層警員建宿舍。」

「河裡沒屍體。」

「這裡是淡水河口，水流強，說不定沖到河口外面。」

「喂喂，難道法醫當久，連同情心也沒了？」

「樂觀點，老齊，提供一個看法，萬一朱予娟的確想輕生，開了一槍，沒打中致命處，她一下子明白自殺解決不了問題地扔下槍便跑了，找個清淨的地方沉澱情緒，她唯一違反的規定是忘記寫請假單。」

「最好這樣。她藏起來，台灣百分之七十是高山，怎麼找？」

「上電視呼喚她，警界誰不服你。你講話的口氣溫柔點，像父親對女兒說話：寶貝呀，回家吧，千錯萬錯都是老爸的錯。小女生聽了心都酥了。」

「叫小蟲來幫忙，他通靈，問問照顧他長大的溫府千歲，到底朱予娟在哪裡。」

「溫府千歲是隋朝人，公元七世紀初，怎麼問？你們刑事局有哆啦A夢的時光機，坐下去咬一口銅鑼燒就看到恐龍吃長毛象？」

「他是乩童，他有辦法。」

「找來幫我們付帳比較有建設性。」

「你們法醫怎麼搞的？」齊富放下手機，「不想怎麼破案，成天想別人付帳，國家的寄生蟲，人民的討債鬼。」

「好吧，告訴你個壞消息，小蟲任務繁多，恐怕沒空來幫你收拾爛攤子。」

「什麼任務，誰派他任務？」

「齊副局長忘了把他調去什麼鬼的假仙小組，幫大塊林偵辦縱火案？」

「假仙小組？」

假仙小組，丙法醫洩露了刑事局的祕密。

3

沒人用「模擬者」稱呼羅蟄，嚴格地說根本沒同事叫他羅蟄，大家只對他名字下面的「虫」有興趣，所以他不叫「小羅」不叫「小蟄」，他是小蟲，不很營養的綽號，聯想力過於強大的人第一次聽到介紹他是小蟲，百分之九十用兩眼的餘光掃瞄他的褲襠。最近有人替他換新綽號「假仙」，字面意思和模擬者差不多，語意截然不同。

齊富被升為刑事局副局長後破了兩項紀錄：年紀最大的副局長、現任警政署長學長的副局長。依以往慣例，若學弟升官，學長大多調往不重要的位置，免得產生倫理上的不自然，齊富不在倫理的思量範圍內，屬於舊時代的老士官長，類似大同電鍋，不論設計出多棒多先進的飯鍋，大同電鍋依然孤傲地存在。

警界習慣稱他齊老大，升不升副局長一樣是齊老大，大家表現自然，不過齊富本人倒是很尷尬，不當副局長前是大學長，隨時可以擺出「誰比誰大」、「不然想怎樣」、「叫你們署長來」的鋼鐵態度，升為大官差很多，他得做榜樣，得讓所有人認可他真能當副局長，而不是憑額頭的年輪，因此齊富花在證明自己能力的時間遠超過出勤。

最新的主意，三個月前齊富展開空前的偵辦刑事案件革新計畫，認為傳統辦案集中精力於被害人，應該嚐試從凶手的角度看凶案。

其他長官私下吐草，追的是凶手，當然得從凶手角度追查，齊老大不過換個名詞，新瓶裝舊酒，到頭喝的仍是同一款酒。

吐草的長官不了解這位即將面臨退休的大大學長閒下來除了打瞌睡，還看到一波波長江後浪打到腳前，見花大筆預算建立大數據庫，卻根本不知裡面裝的是青菜蘿蔔、胡椒鹽巴的心虛。

菜鳥警員有升遷管道堵塞的絕望，老警官也有怕被後生譏笑的危機感。

在齊富的熱情下，刑事局長同意成立實驗性濃厚的凶手心理模擬小組，簡稱凶模組，不過大部分警官私下稱之為心魔組，這樣聽起來的確更驚悚、更能騙倒立法委員，分到更多預算。

執行方式為召集警大三名學者做為指導中心，分別從心理學、鑑識學、犯罪學組建歷年來殺人犯的資料庫，而後由數名徵召來的刑警模擬凶手。

齊富希望透過線索與數據，重建凶手殺人的動機、手法與過程。假以時日，資料夠多，一定能尋找出殺人犯的心理變化、犯案模式，進一步了解殺人犯的成長歷程，說不定還能提供教育單位研究，防範犯罪於未然。

聽起來很炫，有點像當年空軍模仿老共米格機戰術而組織的假想敵中隊。

心魔組的刑警扮成凶手，齊富教育他們：

「有什麼難的，你們他媽的吃飯像凶手、睡覺像凶手、肚子裡想的像凶手、腦子成天想殺人地像凶手。」

挑出的三名刑警也有聽來夠屌的稱號，模擬者，雖然外人聽得一頭霧水，想像力之中多少帶點《星際大戰》裡天行者路克、《水滸傳》裡行者武松的酷勁。

齊富欽點羅蟄參與，他覺得羅蟄十七歲之前是台南永隆宮的乩童，感官比一般警官敏銳，是最佳的模擬者人選。照例，羅蟄一再表明他不當乩童很久，原來上他身的溫府千歲說不定根本不記得他了。內心裡，羅蟄幹的程度不下於被派去牛郎店臥底。警界不大，一旦被貼上標籤很難按鍵刪除，像他，不管多努力，最後同事一定說：

「小蟲啊，當然，他有神明眷顧，還有陰陽眼。人生不公平喔，為什麼我們天天燒香，玄天上帝連讓我們中個小獎喝杯小酒都不願意。」

羅蟄推不掉，齊富是他的直屬大長官：

「叫你去你就去，少囉嗦，當心我調你去馬祖。」

羅蟄接受任務不是怕齊富的威脅，而是齊富講的另一句話：

「不管命案、搶案，記住，所有的答案一定在過去，你摸熟犯罪者的人生，自然模擬得出凶手行徑。」

富有哲理的話，可能出自齊長官閱讀《神鵰俠侶》前後達十七遍得到的啟示。

答案不在鮑伯狄倫的風裡，在齊富的過去裡。

齊副局長的指令傳到，抽調凶模組羅蟄至淡水分局報到。身為「模擬者零零壹號」，羅蟄怎麼也想不到他的第一個命案和警察有關，還是女警，雖然大多數警員不認識她，但同樣地痛在心裡。

那天早晨六點勤務中心向全台警員的手機發出簡單訊息：

新北市淡水分局女警朱予娟失蹤，根據現場遺留的血跡，可能遇害，各地警員務必提高警覺。

最新數據：全台灣警察共計八萬六千一百二十三人，他們的待遇不高，工時極長，社會地位不如公務員，受國民喜愛的程度略勝檢舉達人，倒數第二，他們卻得背負隨時可能發生的死亡壓力。

不久前新北市樹林派出所二十歲警員，執勤時被十七歲無照駕駛機車的少年撞飛，急救二十四小時後，家屬哭著宣布放棄救治，並捐出死者所有器官。

再稍早，鐵路警察局二十四歲警員李承翰，上車協助車長處理乘客補票發生的糾紛時遭被告以尖刀刺傷肚子，送醫急救，輸了一萬八千西西的血仍不幸枉生。同車廂乘客以手機拍下全部過程，社會為之嘩然時，嘉義地方法院於一審認定被告「精神障礙或其他心智缺陷，致不能辨識其行為違法」，判處無罪。

三十六天後，承受喪子之痛的李承翰父親因胃出血病逝。

警校教過，復仇與寬恕是許多喪失親人者活下去的動力。教授怕學員誤會，一再說明執法者得疏導受害者家屬的情緒，讓他們相信執行復仇正義的是司法單位；宗教組織則勸世人，寬恕乃王道，為逝者積功德。但李承翰案的判決結果令人心寒，法院放了凶手，李父可能喪失活下去的動力而悲傷死亡。

因此當女警朱予娟失蹤，且不排除殉職的可能時，齊富對手機那頭的刑事局長說：

「局長，人活著，救人；人死了，抓出凶手。我拚老命也要辦出結果，不能再讓同事死不瞑目。」

甲傳乙、乙傳丙，傳到庚時，齊富的說詞已升級為：

「警察不是讓人殺好玩的。」

多麼鋼鐵人。

收到通知，羅蟄於一個半小時後到淡水分局內的專案小組報到，花兩天時間，他設法走進凶手的思考模式裡，可是線索太少，朱予娟的人生單純、無求治心理問題的就醫記錄，連她死了沒都不知道，怎麼模擬凶手？

女同事生死未卜，羅蟄沒有抱怨的資格。

得再多收集朱予娟的人生，凡是人，必有可殺之處，找到可殺之處，就找到凶手。挺殘酷的工作基本原則。

……咦，這是誰留在刑事局的名言？

朱予娟的母親，小學教員，四十九歲：

「希望我這個做媽媽的怎樣？離了婚，帶個女兒，還是偏遠山區的教員，羅警官你想想我過去二十多年的處境。

「從小她愛問我她的爸爸是什麼樣的人，三個月前又問。這麼大了還不懂事，戳她媽媽最難過的地方她高興？

「小時候他爸爸每星期接她一次，不是去兒童樂園就是百貨公司。忘記哪一年，他不來了，原因我能體諒，外人聽了頂多嘆口氣，他外調去越南，再婚又生了一對雙胞胎，忙得焦頭爛額，我怎麼對小娟解釋？

「她不缺少父愛，我母親兼父親，能給她的沒少過。

「小娟交過幾個男朋友，我見過一個，聽說去大陸工作，兩人的關係一天天的變淡，就沒聯絡了。最近新交的男朋友？如果有，我一定最後一個知道。女兒大了，她急於開拓自己的世界，我能體諒。我也曾經這樣過，四十歲以後恢復和我媽的感情，好得像姐妹。

「我耐心地等小娟。

「羅警官，求求你，小娟善良，請你務必找到她。

「不會，她的個性像我，好強，不可能自殺。」

朱予娟的室友，女警員戴某，二十二歲：

「學姐自殺？愛說笑，你看她床鋪上面的牛仔短褲和小小兵T恤，她明天休假已經約了朋友出去玩。

「這麼短的短褲，警察耶，她也敢穿！

「我沒有她的開機密碼，她從來不用密碼。

「對啊，我們用電腦寫報告和看劇，其他都用手機。你們沒找到她的手機唷？

「她男朋友，我覺得很配，男生瘦瘦白白，像研究所的學生，還是師大、北藝大那種好大學的研究所。

「學姐都叫他畫家。不知道畫什麼的，好像他喜歡畫，學姐當過他模特兒。對，沒穿衣服那種，她很緊張說胸部不大怎麼辦，萬一被畫成男生就丟臉了。上網找資料，她連喝一個星期木瓜牛奶的惡補，害我聞到木瓜的味道就反胃。

「這是學姐的照片，你也覺得喔，很可愛齁。

「沒有很多親戚朋友，不然國定假日她為什麼選擇留守。她媽媽來過一次，去分局送吃的，她馬上拉她媽媽到對面的咖啡館，好像母女吵架，不想讓同事聽到。和媽媽吵架沒什麼，我也吵啊，不過我媽不跟我吵，她懶得理我，說和朋友去唱卡拉ＯＫ卡贏。

「她男朋友？真的不記得，我的記憶力很好，一定是學姐根本沒對我說過他的名字。

「等等，她和咖啡館的露露很熟，幾天前還休假去參加神祕的聚會，好像是露露介紹的。

「不是那種神祕聚會啦，她們玩碟仙。小蟲學長當過乩童，你相不相信碟仙？很多女生相信。露露先在網路上玩，對學姐說，學姐也玩。啊，她去玩過真的，我是說她和幾個人半夜一起玩有碟子的碟仙，她說當碟子開始動，全身起雞皮疙瘩，可是很靈。

「她沒告訴我問碟仙什麼事，我怎麼能問，女生都有祕密。

「你自己去問露露啦，分局對面，那麼近。

「小蟲學長，乩童和碟仙哪一個是真的？」

用齊老大的講話方式：乾脆問問木魚和魷魚哪種算魚？羅蟄沒對露露引用丙法醫的信仰：新台幣才是真的！

淡水分局胡分局長，四十一歲：

「朱予娟，剛升一線四星巡佐調偵查隊，工作你們知道，負責刑事案件偵訊、移送、追緝，她主要監管有治安顧慮的市民，失蹤後我們清理過她手上的案子，大多是追查轄區內失蹤人口，沒什麼特別的，不過為了慎重，已經要求再清查一次。

「女生嘛，長得又可愛，人緣很好。沒聽說她有男朋友，至少男朋友不是分局裡的同事。

「小蟲，你是乩童，她辦公桌、住處沒給你一點感應？聽說齊老大調你去模擬凶手小組，大家說是……對，哈哈，假仙小組，我好奇齊老大這次搞什麼新科技，有沒有配備電影《魔鬼剋星》裡那種能找到鬼魂的機器？欸，別對他亂說，齊老大是我們的恩師和偶像。

「不太妙，朱予娟如果射傷歹徒，對方擄走她，一定不會對她太仁慈。這樣，既然發生地點在我們這裡，召集全體警員和義警、里長，全境搜索。淡水的山區很大，以前有些幫助出獄者、戒毒者逐步重新適應社會的中途之家設在北新莊山上，廢棄了成空屋，請各地里長協助清查中。往陽明山的山路上有些很少人住的別墅、小坪頂上面蓋了沒人買的透天，你跟我們一起去搜索？」

謝了。羅蟄以另有任務在身的理由落跑，要是他和淡水分局一起到處找朱予娟，豈不所有人拿他當黃帝戰蚩尤的指南車，誰叫他曾經當過乩童！

不能衰成這樣，當過乩童就該燒兩炷香、跳幾下仙步，溫府千歲便領他去敲凶手家的門？凶手先生，要我轟爛你房子，還是派黑白無常進去拘提你的靈魂！

齊富沒給羅蟄太多時間，雷聲從濃密的雲層後傳來：

「在哪裡？」

不能怪齊富焦慮，勤務中心通報，新北市金山分局乾華派出所所長吳家銘上午十一點忽然昏倒，送醫急救不治。

又死了一名警察，吳家銘四十九歲，警專第八期畢業，昏倒前在派出所與值勤同事聊天，醫院表示可能心臟衰竭，目前仍待解剖才能確定死亡原因。

再這下去，警察死亡的新聞勢必超過車禍。

「快點找到朱予娟！」

齊富的指示簡單、清楚，跟說「去黑殿買兩個排骨便當」語氣相同。

4

很想吃排骨便當，羅蟄沒有時間，他窩在小碼頭角落的冰店遮陽棚下靜靜地等待。八月中旬的淡水，有限的雲朵全聚在觀音山頂，空出刺眼的蔚藍天幕讓遊客試試新買的墨鏡抗不抗紫外線。

台灣因新冠肺炎已對外封閉七個月，上半年來台的國外旅客僅一百二十六萬人，比去年同期衰退近八成。表面上防疫工作成效不錯，骨子裡台灣人悶到快爆炸，口罩固然防疫，卻也使人的距離遙遠。七月起暑假，一下子爆發「報復性旅遊」，澎湖居民懇求縣政府限制旅客人數，否則島上的垃圾無法清理、自來水不夠用了。

淡水是觀光小鎮，由三月冷清到許多商店要退租打烊，突然變成店外排起長龍。沒人在意三十八度的高溫，羅蟄早上起已經汗濕三次，仍得耐心等待。

他應該等待二十三歲花樣年華的女警，戴鴨舌帽晃腦後馬尾巴的快樂女警員，說不定打個招呼，一起進老街尾端的「茶食器」喝杯冰涼的咖啡……星期二中午一點半，羅蟄撫摸外套口袋內便利店買的三明治，他的早餐，如今快變成午餐，再不解決它，即將變成發臭的廚餘。他需要熱量，不需要熱度。

七分鐘後，假朱予娟挺著他每次消夜必兩碗泡麵培養出的肚皮從老街穿過小巷子走進海邊。口罩遮得住他的闊嘴，遮不住他螃蟹式的步伐。羅蟄扔掉咖啡紙杯，拉上口罩地快步追上。

史上最熱的六月之後，跟著是史上最熱的七月、史上最熱的八月，電視播報格陵蘭的冰層大量融化，中國的糧食不足，台灣沒出門報復性旅遊的公民躲在家裡研究如何大量使用變頻冷氣而不增加電費。羅蟄則只有兩分鐘，兩分鐘內他得制服假朱予娟並設法消滅他肥胖的身體。

「照小蘇的計畫行動，動作快。」齊富站在大樹下發布命令。

羅蟄鑽出雨棚直撲馬偕銅像，毫不猶豫大步追至曬得油快滴落的假朱予娟身後，手肘勒住他比大腿還粗的豬脖子，一手摸進他的腰間抽出槍套內的警槍，連續動作地朝他右邊太陽穴，ㄅㄧㄤˋ——下——去——

假朱予娟當場倒地，可是羅蟄壓制不住內心被高溫燃起的憤怒，他繼續開槍，一槍再一槍，他ㄅㄧㄤˋ不停，直到被兩名趕來的刑警拉住。

「我操，齊老大，你們不能這樣欺侮人，我得罪過你們嗎？小蟲明明有病，你叫我跟他扮哪一台戲！」

由預防科臨時來支援的阿財扮演失蹤女警朱予娟，沒辦法，假仙小組尚無女性成員，就近找阿財客串。

當他被羅蟄壓在馬偕銅像旁可以烤土司麵包的地磚路面連挨二十多槍，當他翻過笨重身體抓住羅蟄衣領不放打算真的殺人，兩名刑警再費事地把他擠到牆壁時，刑事局副局長齊富慢條斯理舔著土耳其冰淇淋走來，拍拍阿財滿是汗水的臉頰，第一句話是：

「阿財，你說你要操誰？對長官不必尊敬，起碼要禮貌。呷飽未？」

難怪阿財覺得他被假仙小組調來幫忙，根本玩他。

羅蟄的第一槍即將阿財擊斃，近距離射擊太陽穴，不需要法醫，齊副局長都能簽死透透的死亡證明。如同兇手對付孤單一人巡邏至馬偕銅像旁的朱予娟，他有槍、有子彈，可以立即射殺朱予娟並搶走警槍，不必扔下兇槍、帶走女警與警槍，除非兇槍有特殊的意義。

羅蟄想像自己是職業殺手，一槍射殺朱予娟即脫離現場，他將演出一氣呵成的連貫動作：拆解手槍、朝河邊走，扔手槍部分零件如槍柄、槍管至淡水河、扔其他零件如彈匣、槍機至河旁矮房的鐵皮屋頂上。然後他可以登上Ubike，沿河濱步道騎至垃圾場，脫下手套、停好自行車、脫下外套、快步進捷運淡水站廁所、塞外套進廁所內的垃圾筒、搭電梯至地下停車場隨便挑輛破車開上淡金公路右轉經竹圍，上關渡大橋去八里。

兇手為什麼大費周章扛走朱予娟？

「老大，我覺得朱予娟沒死，兇手存心綁架，不是殺警。」

「按個讚，我們小蟲也同意朱予娟沒死。」齊富再舔冰淇淋，「阿財，你看，客串我們的模擬受害人，曬曬太陽增加維他命D，對身體好；小蟲對你產生靈感，對破案有幫助。」

「他為什麼對我開幾百槍？」

「小蟲，你說。」

「好久沒玩BB槍，一時手癢。」

「阿財，他手癢而已。」

「不對，留在現場的凶槍不是警槍，朱予娟使用的警槍下落不明，小蟲剛才模擬搶走阿財的警槍再殺阿財，不對，不對。」鑑識中心副主任小蘇提出質疑。

「模擬演練出現瑕疵。」齊富下考評。

「還有，凶槍明明採到指紋，小蟲他戴手套，違規。」

很多同事認為小蘇偏執嚴重，大家戴淺藍、淺綠、白色口罩，他非戴豹紋的，這樣比較刑事警察？

「誰叫你戴手套？重來。」齊老大沒扁小蘇的意思。

羅蟄扮演職業殺手，媽的，職業殺手有不戴手套開槍殺人還把槍留在屍體旁的嗎？

一向大官講話算數，羅蟄脫掉手套。

羅蟄退出去，再快步追進馬偕銅像旁，朝阿財太陽穴開了一槍，不需確認阿財死透透沒，阿財配合地倒地，雖然動作不甘不願，畢竟還是倒地。羅蟄放下玩具手槍，抽走阿財腰間的警用佩槍。

「現場第一個問題，凶手殺人後取走朱予娟的警槍可以理解，為什麼扔下凶槍留下指紋？」小蘇拿著平板邊打字邊問，完全做筆錄的架勢。

「可能性一，凶手不留意地遺落凶槍。可能性二，凶手刻意留下凶槍，向警方透露某種訊息。」羅蟄大聲嗆回去。

阿財這次少挨了二十幾槍，靠著牆壁抽菸，看著羅蟄，呵呵呵直笑。他也愛土耳其冰淇淋，誰幫他買的？

「報告副局長，如果凶槍是為了給警方訊息，我們應該重新檢視凶槍。」小蘇大聲報告。

齊富抹抹油嘴，重新戴好鴨嘴獸的N95口罩，順便打個音量驚人的可樂嗝走到馬偕銅像面前。

「小蟲提出的問題，凶槍為何留在現場，我提出的問題，朱予娟中槍後，她的人呢？來，小蟲，你說說。」

「如果是綁架，因朱予娟抵抗，凶手搶走警槍，乃開槍擊傷朱予娟，立刻架她離開現場。」

「很好，演練一次。小蘇，計算時間。」

羅蟄看了阿財一眼：

「老大，這個朱予娟太重了，扛到二十公尺外的淡水老街我說不定脫腸。」

阿財笑得更厲害，讓人擔心他會不會被自己吐出的煙嗆到。

「報告副局長，」小蘇喜歡在長官面前表現，「凶手根本目標就是綁架朱予娟，沒想到稍一失手，朱予娟拔出警槍反抗，凶手不得不開一槍，可能射中手臂，朱予娟握不住警槍，槍落地後被凶手奪走，同時朱予娟一陣暈眩，伸手扶馬偕的頭，留下掌印和手臂傷口流出的大量鮮血。」

「朱予娟失去意識，凶手抱起她就跑？」

「應該這樣，凶手原本目的就是綁走朱予娟。」

「綁架一名小警員，怎麼，追朱予娟不成，乾脆搶親？」

小蘇和齊富講話，羅蟄則設法集中沒吃早飯的焦慮情緒，他打斷齊富的思考、小蘇的推理：

「報告副局長，屍體自己走了。」

「你他媽阿財，誰叫你起來，躺回去。」

「小蟲，給我記住。」

阿財躺回柏油路面地再當臭臉屍體，羅蟄將ＢＢ槍移動至屍體右側，槍口故意對著阿財嘴巴。

「我是凶手——屍體的臉孔方向錯了，阿財，向左看。還有，戴口罩！」

「沒關係，一起記住。」

阿財艱難地將臉孔轉了一百八十度，等於剛在炙熱的路面烤了左半邊臉，現在換烤右半邊。羅蟄開始另一次的模擬：

「我是凶手，凌晨一點五十二分，馬偕銅像四周沒有人，路燈沒有壞，朱予娟是受過訓練的警員，無論我從小巷子走到海邊，或者從海邊商店街走來，她不可能沒看到我。」

「有點意思。」

「彈頭穿過朱予娟的身體落到地磚的石縫，沒被肌肉和骨骼卡在體內，可見凶手近距離射擊朱予娟，依此判斷，來的是熟人。」

「朱予娟認識的熟人？很好，小蘇，記下：凶手可能為朱予娟熟識者。」

厭惡當模擬者，何況採證尚未完成，他連對方是男是女都不知道，怎麼模擬凶手。

「阿財，屍體不會動。」羅蟄因飢餓而爆發的火氣，噴向地面的屍體背心。

「死乩童，緊啦。」

「我的看法，朱予娟認得凶手，因此毫無防備，凶手接近時發現他手中持槍，朱予娟急著拔出警槍，不料凶手是職業的，搶先開槍，一槍使朱予娟喪失攻擊力，這時陳聰明拖鞋聲傳來，凶手扛起朱予娟就跑。」

「很好，既然模擬，不能不試試。阿財，起來，讓小蟲打你一槍再扛你跑。」

晦氣，羅蟄提出的設想，當然由他承受報應。他朝阿財手臂打了一槍，扔下槍，扛起阿財——

他把阿財摜在地面：

「副局長，你們下命令要求部下控制體重，阿財這樣，誰扛得動。」

阿財仰臉朝天笑得大概需要AED。

「等等，刑事局新的檢驗報告出來了，小蟲，你也看看。」

齊富遞來他的手機，鑑識中心最新的報告，留在現場的不明槍隻無火藥反應，根本從沒發射過，槍膛內仍厚厚的一層油，判斷是新槍。現場找到沾了朱予娟鮮血、且磨損的子彈彈頭，卻和朱予娟失蹤的警槍吻合。

「重新假設，歹徒搶走朱予娟的警槍，對朱予娟開了一槍，彈頭卡在地面，可是歹徒為什麼把他沒發射過的新槍留在朱予娟失蹤的現場？」

「不是槍上有指紋？」

齊富的手機再發出一聲尖叫，新訊息：

留在現場、未發射過的黑槍槍柄上指紋比對後，三重熊哥的。

「熊哥？開賭場被關過兩次的阿熊？」齊富的眉頭擠得出晶狀鹽。「他的槍遺留現場，沒發射過，不過有他的指紋。三重分局查證了阿熊的不在場證明，整晚賭德州撲克，十三名現場證人。」

「有人藉機陷害槍上指紋的三重熊哥？」小蘇接口。

「疑問，栽贓給熊哥的傢伙不專業，他拿把有熊哥指紋的槍往現場一扔，事前沒考慮槍既然沒發射過，就不會有火藥反應，就不可能被認定為凶槍。」

「你的意思是某個人陷害熊哥，可是陷害得漏洞百出？」

「老大，目擊證人陳聰明的說詞，他於兩分鐘內抵達現場，凶手槍傷朱予娟再扛走她，只有兩分鐘的時間，可見一定是專業的殺手，怎麼可能不知道三重阿熊的槍沒發射過？要不是故意的，就是他不是用槍的那種殺手。」

「不用槍的職業殺手？」齊富不滿意羅蟄的推理。

「最可能是兩名歹徒。」羅蟄掏出濕漉漉的手帕擦濕淋淋的脖子。「報告老大，歹徒甲打傷朱予娟後，可能由歹徒乙上前扛她，歹徒甲留置假凶槍，說不定另有歹徒丙，車手，等在老街接了他們飛馳而去。」

齊富搖頭：

「小蘇，改成歹徒ＡＢＣ，要是報告上有歹徒丙，怕丙法醫誤會我們影射他。老人家，杯弓蛇影的。還有，三名歹徒打傷、打死、綁架小警員，他們想怎樣，向警政署要贖金五千萬？腦袋被太陽燒壞，肺炎太久太悶，沒事綁個女警練習搶銀行的手藝？」

「可以結束去吃飯了嗎？」

「小蟲，我覺得你以前愛拍長官馬屁的態度比較好。」

「報告長官，是你叫我少狗腿。你說，做人要有個性。」

「哼哼，個性，等結婚二十年看看你還有沒有個性。小蘇，整隊回刑事局，准你們午餐報誤餐費。」

大家乖乖地一一調整口罩往停車場走去，羅蟄沒走成，屍體雖然肥胖但動作依舊靈活，阿財未發警告即朝前撲，九十公斤的重量飛騰於空中的往羅蟄小腿抱去，中氣十足的喊：

「拓克路！」

媽的，羅蟄忘記阿財高中玩橄欖球的。

更糟的是，刑事局上上下下幾百人，阿財是性感女警飛鳥的頭號粉絲，而飛鳥一度是羅蟄的搭檔，阿財累積了所有的嫉妒和怨氣，恨不得把羅蟄摔進淡水河。

齊富沒見到羅蟄的慘狀，倒是對面咖啡館二樓窗前坐了一排年輕人，全部目睹警察的演練與內戰，其中一人用手機拍下過程且立刻傳出，他以快速移動的兩根拇指打下訊息：

「警察阿北很搞笑，那個媒體說很神祕的乩童刑警被摔了狗吃屎，我看不用太擔心，吹牛的，比較像魯邦三世裡面的錢形警部，愛搞笑。買到新鮮的透抽，晚上吃義大利麵還是三杯透抽，我再想想，七點左右回家煮晚飯。」

5

不知昏迷多久才清醒，朱予娟睜開眼，只見到舊式不時一閃閃的日光燈管，天花板乃至四面牆全白的，沒有窗戶，屁股下的地磚冰涼。

直覺往下摸，制服褲仍穿著，體內沒感到異狀。

右手銬在釘於牆壁的鐵桿，左手臂固定於一塊不規則的木板，針頭戳進血管，點滴瓶掛在一個應該剛釘進牆壁的釘子上，地面有些水泥碎灰。

試圖坐起身，不小心移動左臂，她才感到疼痛，左大臂包了紗布，想起正和問路的女生講話，戴棒球帽的男子突然出現在她身後，朱予娟直覺地轉頭拔槍，可是慢了一步，對方熟練地以她的右手為支點，手掌掐住她手肘，肩頭撞擊她下巴，當朱予娟順勢以日本柔術掙脫的剎那，子彈穿過她左大臂，一股杏仁香味蒙上她的口鼻。

骨折，不然不會這麼痛，被扭斷的，對方練過。

腳步聲沉重，綁匪年紀接近中年，不然走路不會用拖的，腳底板離不開地面，拖鞋尾端打著他後腳跟。

停在門外，湯匙掉落的聲音。

未如預期地打開門，只開了一道縫，木盤上一碗湯、一盤菜、一碗飯、一隻鐵湯匙，門再關上。

「喂，你到底想幹麼？」

沒有回應，趴它趴它的拖鞋聲走了，可能有樓梯，因為腳步踩得更重，但不再拖於地面的趴它。

有樓梯，另一扇門重重關上的響聲，也是鐵門。

沒有窗戶，這麼熱的天氣，地磚卻透著股陰濕感，這是間地下室。

鐵門、監視器，對面牆角的自來水龍頭、排水口、繫手銬的鐵桿，沒有其他東西，連椅子也沒有。這是間牢房。

紗布滲出血絲，大概剛才用力拉開傷口。誰幫她包紮還打點滴？送食物的中年人？看綁得緊實的紗布，說不定他是醫生、護士？

飯菜令她肚子發出咕咕聲，腕錶仍在，已經過六十六小時，手臂受的傷不嚴重，怎麼可能連睡了快三天。又看向手背上的針頭，一定加了安眠藥。

拉過餐盤，先吞一口白飯，她克制飢餓的衝動慢慢地咀嚼，米的甜味在口腔內擴散，再也無法忍受，一匙接一匙，差點噎到，她喝湯，哇，新鮮的魚味，湯裡竟然有魚頭。從小媽媽說魚湯能補血，對癒合傷口的幫助極大。那麼替她準備魚湯的人是送飯的中年男人？綁架她的是誰，希望她的傷趕快好？

為什麼綁架她，沒有錢，沒有地位的小警員，甚至沒有胸部。她有的只是——讀警專時候學校請來刑事局齊老大演講，結束前他對全體學生說的：

「畢業以後你們進入警界，最不起眼、什麼事都得做的小警員。分局長可以罵你、派出所所長可以罵你，連他媽的早你兩年畢業的小巡官也能罵你。當然，如果運氣不好碰到我，罵得你們恨父母為什麼要生你！別氣，你們有罵你們的長官八百年前失去的，小朋友們，你們有青春啊！」

樣。

齊富是朱予娟的偶像，期待有天能像飛鳥學姐那樣的進入刑事局跟著齊老大辦案，當警員就該那樣。

她有青春，朱予娟卻不能不往壞處想，身上的制服長褲沒被脫過，歹徒幫她治療傷口脫掉她上衣，看到什麼嗎？他想對她怎樣？樂觀地想，他來啊，大小姐我不是吃素的。多吃飯補充體力，說不定得和綁匪熬很多日子。

紅燒的石狗公也好吃，下飯，不巧飯沒了，地下室沒有按鈕或對講器，不然說不定她向樓上的人要求再送兩碗飯來。

石狗公的刺多肉少，可肉緊實，比石斑更有滋味，朱予娟只有一隻手和一支湯匙，不急，她從魚頭吃到魚尾花了半個小時，把魚吃得每根骨頭不留殘渣，光亮得可以拼組出石狗公的骨架。

好久沒吃到燉成白色濃汁的魚湯，好久沒吃到醬油香味重的家常菜，她開始對綁匪好奇，買便當不是更方便？

重新想一遍，父親那邊早已另外成家，有妻有子女，這麼多年不見她，老爸不可能為她付贖金。母親這邊，外祖父也是小學老師，外祖母一直是家庭主婦，他們退休後賴有限的月退俸過日子，難道綁匪隨機綁？那晚在淡水河邊見到單身女性先綁了再說，發現對象是女警，頭洗一半，不能不硬起頭皮地照綁？

想到這裡朱予娟鬆了口氣，吃飽有關係，打的點滴有關係，她不知不覺地閉上眼睡著，夢裡感覺鐵門打開，進來模糊的黑影收起碗盤、換了點滴的藥袋、解開紗布換藥。

她舉手推男人，但一隻手銬在牆上，一隻軟弱無力。男人解開她上衣，胸罩不見了，她的乳房攤在電燈泡下，不過男人沒摸沒碰，她感覺不到男人對她身體的威脅。

男人對鐵門外的人說話：

「這隻手臂有骨折傷口，解剖中心的丙法醫經驗豐富，逃不開他的眼睛，不好處理。」

他再說：

「先處理掉制服和她的證件，明天送去興福寮的回收場，一起燒。」

男人還說：

「明天你進市區，再買點紗布和碘酒回來。」

鐵門外的人一直沒回應，朱予娟努力睜開眼睛，她想提起腿踹換藥的男人，可是像有重物壓在胸口，她無法動彈。等男人離開，鐵門再關上，朱予娟放棄掙扎，連夢也消失地沉沉睡去。

6

飛鳥收到女警朱予娟失蹤的通報，可是不清楚假仙小組模擬朱予娟失蹤過程，不知羅蟄慘遭阿財拓克路而臉皮磨傷的破相。她甚至沒怎麼關心朱予娟發生什麼事，此刻她鐵青臉孔全神貫注在剛從牆洞中挖出的屍塊。

根據報案資料，淡水老街前後已七名市民提出檢舉，指五十七巷多年前震出地洞的地方又出現裂痕，跑出很多老鼠和蚊蟲，最初以為來自巷口的港式燒臘店，衛生局一年內出動三次突擊檢查，嚇出上百隻蟑螂往附近水溝、排水管逃命，罰單一張張地開，燒臘店受不了而退租搬家。

工務局幾次調查，房子的確下陷，而且傾斜度擴大中，建議重新灌水泥以穩定地基。

比工務局積極的是附近的鄰居，不喜歡追垃圾車地菸頭、泡麵的保麗龍碗往洞裡塞，最近更有人往裡面倒廚餘，即使里長貼出警告牌仍未發生作用。住戶一再反應，當地派出所應市議員要求，一日巡邏三次，雖阻止亂扔垃圾，不能阻止裂縫的增大。

走進五十七巷，即使黃昏時涼風徐來，每一戶仍緊閉窗戶，尤其防火巷兩邊的窗戶最近不敢開窗透氣，研判有人任意傾倒化學垃圾。

「垃圾車下午三點就來，很多人家還在上班，沒辦法倒，市政府又把路旁垃圾筒都拆光，叫他們垃圾丟哪裡。」住戶向市議員反應。

垃圾是問題，公寓逐漸變成危樓更是問題。

周議員的助理算過，五十七巷計有三百七十四張選票，損失不起，一再要求市府儘速處理，卻因工程外包必須經過一定的比價程序，五十七巷便痴痴地等待。

提出陳情的黃家與周圍四戶曾經於附近改建大樓時受到影響，地基輕微下陷，當時建設公司調來多輛水泥車灌救，算是維持住四層老公寓不再傾斜，市政府檢驗認為未危及安全，加上建商付的補償費用算大方，事情便鬧了鬧無聲無息地結束。新的懷疑是改建大樓地下停車場牆面滲水，顯示當初沉沙池施工不良，這下得打官司。

市議員出面數度協調，找來土木技師公會協助勘察，於住戶同意下鑿大裂縫以便往內探測。電鑽往下鑽了大約五公尺深，湧出大量地下水，新北市政府不敢大意，工務局、消防局都出動人員至現場支援，公會找來的工班以怪手往下挖，花了三個多小時，起出七個被水泥包住的塑膠袋，工人小心地以電鑽與手工具敲掉水泥，立刻知會市警局，三輛警車趕到，挖到不明屍塊。

七袋腐爛的骸骨，不是寵物。丙法醫戴消防局提供的防毒面具一一檢視，初步認定為一具成年男子被切成七塊的屍體，以廚用保鮮膜一層層包裹，再裝進大型塑膠袋內，可能趁建設公司灌水泥時投入。

兩條大腿、兩條手臂，頭顱、屍身，內臟則包成第七袋。因水泥包裹關係，比撿骨的情況略好，卻絕非木乃伊。

因死者身分不明、死亡原因不明，由刑事警察局接手偵辦，首要工作是清查過去十年大台北區的失蹤人口。

「老齊，請吃半畝園餡餅還是紫琳蒸餃？」丙法醫講著手機，「飛鳥手上的案子恐怕很麻煩，時間太久，保鮮膜和皮肉黏在一起。分屍的手法粗糙，估計用了十幾種工具。欲知詳情，餡餅和小米粥最好，送解剖中心，別忘小菜多叫幾樣。樂觀點，讓法醫工作快樂，不會讓刑事局破產，多好。」

勒索警察而不犯法的只有法醫。

清理後的骸骨置於台北市相驗與解剖中心的不鏽鋼解剖台上，該處距離第二市立殯儀館很近，距離陰森森的辛亥隧道不遠，市區下雨，這裡一定下，市區不下雨，這裡照樣下。老丙三天沒回家，他紅著兩眼對急著想知道解剖結果的女警官飛鳥說：

「小飛鳥呀，明明是謀殺案，可我怎麼也瞧不出謀殺的方法。」

厚重水泥包裹的關係，隔絕外界的空氣，許多未腐爛的肌肉不是黏附於骨頭，就是撕保鮮膜時一起脫落。

「殘破的屍體，提供的線索倒挺明確。」他以解剖刀挑起一隻指頭：

「凶手割掉了指紋，十隻指頭都沒指紋。」

他再挑起頭顱的下顎：

「還拿重物敲掉所有的牙齒，比對不出牙模。」

滿室的消毒水味，老丙仍有雅興地喝口飛鳥送來的凍頂烏龍：

「眼球挖了、耳朵切了，所有內臟割下裝成這一袋，老齊說命案幾個條件，我驗不出死亡原因、查不出死者屍體的特徵、無法判定死亡時間，更別說要我建議凶手的動機。」

「確定是謀殺？」

「切成這樣子，妳覺得呢？」

「一定能查出死亡原因，被毒死的、打死的、汽車撞死？」

「骨骼完整，除了分屍時候敲碎關節部分的骨頭，其他的沒有銼傷痕跡。妳看，他的頭殼完整、肋骨完整。」

「內臟不能提供線索？」

「如果說線索，這是線索，從沒遇過凶手把內臟割下不扔掉，裝成另一袋，幫埃及法老王製作木乃伊啊，不想這樣會多臭，引來多少蒼蠅下蛋。妳自己看，都變成乾掉的糨糊。」

「為什麼割掉內臟？」

老丙很少這麼嚴肅，和對象是工作態度認真的飛鳥有關，和他陷入解剖困境有關。

「不容易判定，我猜凶手怕內臟透露死亡原因，例如中毒。還有個可能，死者生前動過大手術，某些內臟器官不完整啦，換過器官啦，警方就能向醫院查詢，查出死者身分。全部割下塞成一袋爛成一堆，存心找法醫麻煩。」

「不想讓我們找出死者身分？」

「是啊，不然他為什麼毀了屍體的臉孔。」

飛鳥穿防水的戰術靴，褲管紮進靴內，她三七步稍息時右手習慣性擺在腰間的槍柄上，一副隨時登上直升機飛去抓槍擊要犯的姿勢。

「一定有什麼凶手忘記處理的。」

「啊，差點忘記，其中一個屍袋裡找到這個。」

丙法醫以鑷子夾起小塑膠袋，裡面是外觀已掉色的拇指大小紅絲袋。

「看起來像宮廟求來的平安符。」

「死者的？」

「飛鳥妳安過太歲沒？我老婆把這當大事，犯太歲的那年，她去松山慈佑宮幫我點光明燈、安太歲。廟方會給我一個這種小袋子，裡面是張小卡片。我五十三年次的，屬龍，逢牛年、兔年、龍年都犯沖，安太歲求個心安。」

他戴上老花眼鏡專心划手機：

「屍袋裡的平安符，正面繡戊申太歲星君，背面繡永保安康，小卡片是神明的圖像，戊申年當值的徐浩大將軍，負責保庇五十七年次出生的。」

「大家都安太歲？我原住民，有我們的信仰，不了解你們漢人的習俗。」飛鳥對唯一完整的證物興趣不高。

「送妳兩個字，挑剔。」

「你認為平安符不是在屍體的衣服裡？凶手故意放進屍袋的？」

「凶手剝光死者的衣服再分屍，保鮮膜、塑膠袋裡連一片布也沒。」

「凶手放進平安符是給我們線索？」

「我哪知道，喂喂喂，我法醫，不是刑事局的刑警。」

「問問嘛。」

「回去對你們齊老大報告，做為法醫，我努力，別指望太高，倒是妳從街坊鄰居問出什麼沒？」

老丙三天沒回家，飛鳥也三天全睡在局裡，白天四處打聽，晚上對著電腦設法從刑事局大數據庫裡挖出點蛛絲馬跡。

五十七巷二十九號一樓最近十年易手三次，九年前，二〇一一年九月發生地基下陷，建設公司動用了四輛水泥車填入破裂的地洞，一樓拿到建設公司補償費用馬上低價賣掉房子搬走。翌年，二〇一二年二十九號二樓、三樓，二十七號的一樓、二樓也賣房子。雖然土木技師公會認定安全無虞，住的人心裡仍毛毛的，能搬就搬。留在當地的，多是懶得搬遷的老人、無力購新屋的中低收入戶。

飛鳥一戶戶清查，二十七號一樓列入她的涉嫌名單，劉姓夫妻賣掉房屋後搬到林口，不久再搬回苗栗老家。他們一搬再搬，唯一的兒子則在美國念書，並留居當地沒再回台灣。

他們為什麼一再搬遷？得到無法不接受的理由：

「房價漲得薪水追不上，勞保又好像快倒店，不搬怎麼辦？」

二十五號三樓的陳先生一直單身，他是公務員，二〇一三年退休即賣掉房子搬至台東，當地警局回報，如今陳先生是業餘農夫，農場內養了不少放山雞，不常和鄰居打交道。他向警方表示，熱愛農家生活，多麼回歸自然的說法。

單身幾十年的男人，不管理由多充分，仍然涉嫌重大。用齊富一貫的說法：

「他們憑什麼不結婚？」

二十四號二樓的高姓夫妻則於二〇一二年帶著兒子舉家移民加拿大，聽說高先生在科技公司工作，加拿大某家公司挖角，替他辦妥移民手續。

二十九號一樓被飛鳥排除，他們的住家裂縫、傾斜最嚴重，由建商提供住處暫時搬出去，三個月後賣了房子，戶政事務所提供的資料，他們搬回老家桃園龍潭。

飛鳥當然不排除凶手仍住在當地的可能性，有些人相信最危險的地方往往最安全。法律上強調未證明有罪前，所有人皆清白。刑事警察相反，在證明自己清白之前，所有人都是嫌犯。

外地人運屍體到五十七巷投入坑洞的機率較低，這個巷子很窄，外人開車進出很難不引人注意，飛鳥訪談至今，沒人對不明車輛進出留下印象。

建設公司提供資料，二〇一一年九月七日五十七巷尾的公寓下陷，八日下午即進行灌漿補救工程，當天灌了一次，第二天經過鑑定又灌了一次，由此推斷，投入屍塊的時間只有九月七日的一個晚上。

九年前的事了，未留下當地監視器的錄影帶，飛鳥調到三家電視台拍的新聞影片，找不出令她好奇的地方。

第四天飛鳥改變調查方向，暫且放下水泥棄屍轉向其他無法證實身分的無名屍體，她認為說不定是連續殺人案。其他單位的反應是：蛤？刑事局的飛鳥又想記功？

大數據庫立刻提供令飛鳥振奮的訊息，二〇一五年新北市警察局接獲報案，早起的爬山健身團體於靠近金山區的魚路古道樹林中聞到屍臭，尋獲一名男性屍體，大致完整，死亡約兩天，當地不是第一現場，凶手在別處殺人後以同樣割去臉皮、指紋、敲掉牙齒、挖掉眼珠的方法處理屍體後，運至山中挖洞埋藏，被野狗刁出一條腿，屍臭味傳到山路。

除了未分屍之外，其他手法和水泥藏屍案相同。若是同一凶手，這次為何沒分屍？

凶手未留意屍體臀部有塊約巴掌大的胎記。

憑胎記，警方多方查證，辨識出身分，死者嚴姓男子，五十三歲，無業，於北投捷運站對面擁有多處房產，大多出租賺取租金，平日則留連股市與高爾夫球場。他的妻子供稱嚴男並無仇家，和黑社會更無往來。四十一歲繼承祖產即辭去貿易公司的工作，專心當收租公，手機內聯絡簿的名單無非是他以前同事、高爾夫球友、登山社團的社友。

二〇一五年時，嚴男計有七戶公寓出租，兩戶租給學生，另五戶租給家庭，都正常，一戶是單親媽媽帶一名女兒，一戶則為單親父親帶一兒一女，新北市與台北市警局聯手調查，對所有房客一一過濾，看不出有何可疑之處，為求慎重，飛鳥向齊富提出支援的要求，希望各地警局訪談七戶的租客。

新北市的法醫勘驗屍體後，認定嚴男死於氰化鉀造成的呼吸中止。

氰化鉀屬於管制藥品，一般服用兩百毫克即足以致死，嚴男體內的含量遠超過這個數目，新北市警局針對當地醫院與大型藥局做了全面性的調查，未得到符合此案的結果，迄今仍列為懸案。

「處理屍體的手法一樣，我相信凶手是同一人。」飛鳥語氣肯定。

「說不定是模仿犯。」老丙打個大呵欠。

「不可能，姓嚴的死於二〇一五年，我們剛發現的無名屍體應該死於二〇一一年，現在才挖出來，怎麼模仿？誰模仿誰？」肯定的飛鳥用疑問打了丙法醫一槍。

「我不是你們刑事局的人，喂，齊老大，你說啊。」

齊富準備吃早餐，打開三層式的便當盒，第一層是醬瓜、麵筋、堅果；第二層看來開胃多了，燙四季豆、燙花椰菜；第三層是仍冒熱氣的五穀飯。齊媽媽一早起床現做的愛心便當，保證齊富不會吃到氰化鉀或任何涉及高膽固醇、高糖分、刺激血壓的食物。

「咦，老齊，連饅頭也戒了啊？」

「澱粉，我齊富在老婆率領下，五個月前向澱粉宣戰，漢賊不兩立。」

「老齊，記得我們小時候吧？」

「別想撼動我老婆的決心。」

「不，不，兩手兩腳挺你們齊家的抗戰宣言，講小時候，生下來我們喝奶，沒母奶，喝克寧對吧？」

「廢話。」

「兩三歲除了奶，也吃點蛋，我家窮，吃水煮蛋，你家好野，吃加了魚板、蝦子的日本蒸蛋。」

「一肚子陰謀，講話兜圈子，到底想說什麼？」

「我說呀，」老丙睥睨桌面排好陣式的早餐，「吃你這早餐，我不如縮回兩歲的嬰兒期，起碼有水煮蛋。」

齊富沒捲起袖子揍丙法醫，他把那鍋五穀飯推到飛鳥面前，自暴自棄地表白：

「我待妳不錯，承認我是妳師父？我老婆精心調製的早餐交換妳袋子裡的肉鬆飯糰，弟子孝敬師父一下？」

人，為了健康，不停的在飲食上和本性作對。人，終究打不過飯糰，尤其加了肉鬆與油條，還灑了糖的飯糰。

台灣的刑事學分成兩大派，理論派與實務派，也可以說是科學派與——與他媽的齊富派。台灣是全世界最講究儒學的地方，中庸呀，即使齊富沒博士文憑、沒留過洋，警大仍安排他的「刑事現場」課程，平衡理論與實務。

齊富名聲大，講的案例生動，人人搶著選每學期有限的名額，科學派看了吃味，他們批評「他媽的」上課用詞有待商榷，對「齊富派」則不敢有微辭，一句也不敢有，畢竟論破案，誰也拚不過齊老大。他桃李滿天下，在警界算學歷不怎麼樣的士官長，卻是貨真價實的東京八十萬禁軍教頭。

二十一年前手機剛出現，林氏集團的董事長被綁架，下落不明，可是留下手機，科學派的鑑識中心用——用齊富的說法：

「他們用衛星、電波、電子信號，他媽的電鍋、電子按摩棒找林董最後的發信地點。」

——鑑識中心直到今天仍對電鍋和電子按摩棒很不爽。

年輕氣盛的齊富伸手搶過科學派當寶貝的林董手機，按了最後一個通話號碼，聽到對方清脆地回應：

「誠意海產，請問要訂位嗎？」

齊富沒訂位，他問：

「如果我訂位，你們會打電話提醒我別忘了訂位的事嗎？」
「對不熟的客人才會。」
「林氏集團的林董是熟客？」
「林董啊，他請客才訂位，一個人來，和一兩位朋友來，我們隨時都會安排桌子，他是老顧客。」
掛了電話，齊富向霹靂小組招招手：
「走，跟我抓人去。」
去誠意海產抓人？他對賣魚翅、鮑魚的不爽？
大隊人馬包圍海產店，齊富帶兩名蒙頭套的霹靂小組槍手進廚房，見著三廚便舉槍對準高高的廚師帽：
「我操你的阿明，林董事長人在哪裡？」
陳智明有三項前科，出獄半年，表面上洗心革面地進海產店當三廚，私下恢復吸毒，需要錢。林董事長是海產店的常客，這天訂了位，陳智明為確定林董是否會去，假裝訂位人員打電話去詢問，露出馬腳。
當齊富押著陳智明救出林董，科學派的猛翻眼珠，翻得差點剩下眼白。
「你們這些鬼！林董接的最後一通電話是海產店打的，十一點十一分，海產店負責訂位的那位小姐否認打過，屁眼想也知道是歹徒打的。」

屁眼兩字頗傷人，科學派的更翻眼珠，翻得差得眼珠轉到後腦轉不回來。

「陳智明假釋，每星期得到派出所簽到，是台北市少數重傷害前科犯，當警察的當然得掌握他的行蹤，知道他在誠意海產店工作，沒了不起的學問，翻什麼眼珠？你們自尊心他媽的薄得像衛生紙？」

科學派後來做了檢討，肯定刑事案件最關鍵的是經驗和人脈，齊富的大腦比美電腦的資料庫，用齊富的語言說明：

每個曾怎樣的人，習慣在會怎樣的地方，幹他媽的千篇一律想怎樣的勾當。

犯罪者各有其專業與行動的軌跡。

齊富招手，小蘇攤開照片。

「飛鳥，來看看，二〇一五年嚴先生屍體上找出的物品，有沒有眼熟的？」

飛鳥眼尖，抽出其中一張：

「丙法醫，這名死者也有平安符，你看，也是松山慈佑宮。」

齊富沒等老丙發出驚嘆聲：

「我們問過嚴太太，她說夫妻都是基督徒，她沒見過這個平安符。」

飛鳥二話不說從筆電叫出之前那枚平安符：

「老大，屍體甲的——」

「屍體Ａ。」齊富糾正。

「屍體Ａ的平安符埋了大約九年，上面的圖案和字體幾乎消失，嚴先生的屍體Ｂ的平安符看上去是新的。」

「平安符透露什麼線索？」

「屍體Ａ的死亡早於屍體Ｂ，平安符是凶手的簽名，兩起案件的凶手同一人。」

「很好，還有呢？」

「請丙法醫檢驗屍體Ａ的平安符是不是沾了衣褲的纖維，如果是，凶手脫光死者衣服，再花長時間分屍，用保鮮膜包屍塊裝進塑膠袋，平安符不在裡面，凶手故意把平安符另外裝進塑膠袋，做紀念還是刻意留線索，有待我們調查。至於屍體Ｂ的嚴先生不拜宮廟，口袋內卻有平安符，就絕對是凶手的簽名了。」

「既然凶手同一人，屍體Ｂ為什麼沒分屍、沒包塑膠袋？」

「也許當時凶手還沒發展分屍為必要程序，要不然，他殺人的環境沒辦法分屍，屍體Ｂ埋得很淺，可見他匆忙。」

「急？凶手沒忘記抽空去慈佑宮請平安符喔。」

「老大想說什麼？」

「凶手殺屍體Ａ可能是意外，平安符連繫他和屍體Ａ的感情，於是他把平安符放進屍袋。殺屍體Ｂ還特意跑趟松山請來平安符一起棄屍，飛鳥，殺Ｂ不是意外。」

「懂，殺上癮了。」

「差不多這個意思，小蟲講連續殺人犯幾個什麼狗屎原則？好像其中一項是凶手的成長，他在殺人的過程當中學習殺人和棄屍方法，某種實驗。」

「平安符呢？」

「飛鳥，我覺得平安符邪，他連屍體的指紋、臉皮都切光，怕我們太快找出死者身分，不可能弄個亂七八糟的平安符當他的簽名，我說呀——」

「老大說什麼？」

「平安符是求凶手自己心安，不然為什麼專程去松山慈佑宮請平安符？我猜凶手從小在慈佑宮拜拜，那裡的媽祖是他的信仰，能減輕他罪惡感什麼的。」

飛鳥性子急，齊老大話沒說完，她已經寫掉半片白板：

一、屍體A與屍體B皆有安太歲的平安符，B為基督徒，平安符與他無關。平安符和凶手本人有關。

二、屍體B死亡原因為氰化鉀，凶手可能有醫院、藥局背景。

三、消滅屍體足以辨識身分的指紋、牙齒、臉皮，也就是凶手設法將屍體製作成無臉人。追查兩名死者當可發現關連性，從而追出凶手。

四、屍體B未分屍，凶手當時可能受到時間上的威脅。

飛鳥轉頭看了齊富一眼，再回到白板寫下另一行字：

五、應該還有第三乃至於第四具屍體，推測都切除臉皮與指紋，且推測伴有平安符，若也是慈佑宮的，證明凶手果然為同一人，與慈佑宮有地緣關係或信仰關係。

「很好，飛鳥，我們等第三具屍體自己跳出來呢，還是動點腦子主動去找？」

「主動找，可是線索實在有限。」

「我有主意，」丙法醫露出壓抑但明顯近乎得意的笑容，「慈佑宮、安太歲、平安符，老齊，你想到誰？」

「小蟲啊？」

「他當過乩童，有陰陽眼欸。」

「我說嘛。怎麼又和宮廟扯上邊，怪蹊蹺的。」

「不蹊蹺，老大，慈佑宮拜的是媽祖。」飛鳥打斷齊富與丙法醫的打屁對話。「台灣媽祖的信徒超過其他宗教。」

「妳對宗教也有研究。」

「謝謝老大誇獎，不過請老大誇獎我的時候不要用『也』，我就是我。」

「情不自禁。對了，我們是不是該把以前在台南當過乩童的小蟲找來一起追查連續殺人犯？」

「我很忙，要找請長官自己找。還有，老大，我不喜歡和乩童一起工作，你知道的。」

「嗯，他只是前乩童。」

「請老大對我講別人時，不要用『只』，小蟲學長從頭到腳，從過去到未來，是根本乩童。」

7

右轉上山，坡度陡峭，接近報廢年限的老豐田發出金屬顫抖的聲音。這裡什麼都沒有，連墓仔埔也看不到。風刮著兩旁芒草，樹梢舞著徬徨於該往哪兒棲身的落葉。

GPS指引羅蟄離開海岸往山上開，從原來的省道，縮小成縣道、鄉道，開進連產業道路也談不上的小徑，不僅小，還陡峭，近乎十五度的坡度，一路上沒有路標，羅蟄有手機。

「你們，手機世代，沒了手機連日子也不會過。」

齊富曾經這麼批評，丙法醫私下吐草：

「別理他，他是南門市場世代，沒了南門市場，年也不會過。講別人！」

柏油路結束處，左側岔出一條碎石子小路，豐田兩邊被芒草刷得嘶嘶作響，幸好不必擔心保險給不給付鈑金費用，刑事局明年編預算換新車，廠商正投標搶生意。

羅蟄順著山路往前開，沒辦法，沿途連供掉轉車頭的小小空地也沒。如果前面是死路，倒車下山回味當初考駕照的驚險也不錯。

一個大轉角，碎石子路盡頭立著高大的白色圍牆，牆頂繞滿鐵絲，幾隻叫不出名字的長尾鳥踩著牆頂跳，玩誰的膽子比較大的遊戲。滑輪大門敞開，裡面已停了兩輛汽車與兩輛機車，看來羅蟄是最後一名抵達的網友。

來到這裡為了參加傳說中的碟仙之夜，主辦者是網路上有名的霓裳仙子，從直播畫面來看，她帶著三十代末期的成熟、四十代中期的性感，與五十代前期的憔悴。電視進入ＨＤ時代，一切變得兩極化。

咖啡館女服務生露露介紹的，她提到請碟仙的經驗還不停地拍胸口，有如曾目睹德州電鋸殺人魔露出大頭、二頭、三頭糾成好幾團的肌肉拉動電鋸的馬達。羅蟄請她喝啤酒以安定情緒：

「一般人問碟仙什麼問題？」

「逝去親人過得好不好呀，是不是轉世投胎啦。」

「妳呢？」

「女生，問姻緣囉。」

「碟仙告訴妳男朋友在哪裡？」

「不想回答。」

「朱予娟問什麼？」

「她的隱私，做朋友有保密的義務。你想幹麼？」

「了解碟仙而已。」

「要跟那個常上電視的漂亮女警察飛鳥結婚喔？問碟仙贊不贊成？朱予娟說的，很多警察說你們是一對。」

被大家認識有什麼好處？這是羅蟄永遠想不通飛鳥愛往鏡頭前衝的原因。她去年再蟬聯上媒體的前三名警員，每上一次記嘉獎一次，警政署以此鼓勵同仁積極與老百姓對話，建立親民形象。

問姻緣。他在網路上回了霓裳仙子一行字。

給我你的生辰八字，先算算你的紫微斗數。

生辰八字？羅蟄記得生日，不記得時間，恰好齊富經過，他順口問：老大，你幾點生的。齊富毫不介意地也順口回答，甚至不問羅蟄拿他八字要做什麼。可能他對人生不再有繽紛的綺想，他想的是明天健檢報告上的數字。

羅蟄的出生年月日配齊富的出生時辰，得到什麼樣的結果？

你是不是同性戀？

目前尚無跡象。

晚婚，有桃花，沒結果。

聽起來我媽會很難過。

身體不好，家裡遺傳性糖尿病嗎？

好像。

要問碟仙什麼事？

我阿公剛走。

和阿公感情好喔，碟仙不一定認識你阿公，到時你得把阿公姓名、出生日期告訴碟仙。碟仙不講謊話，萬一你阿公怎樣，你要有心理準備。

好，其他需要準備什麼？

規定，不能問一起請碟仙網友的名字，更不能互換Line什麼的。聯絡只能透過我，免得惹出不必要的麻煩。

明白。

帶一包香、兩疊紙錢，問完事情，送碟仙用的。

明白。

不准帶不乾淨的東西來。

什麼是不乾淨的東西？

你月經來了嗎？

我是男的。

換乾淨的內褲來。

既然去了，免不了順便問一點自己的事，羅蟄該問什麼？阿公過世二十年了，他對姻緣的興趣不高，請教碟仙朱予娟的下落，說不定碟仙找人比刑事局更拿手？翻朱予娟的檔案，找到她的出生年月日，沒時辰。找朱予娟是正經事，不能再用齊富的時辰，羅蟄打電話到石碇，朱媽媽口氣不好：

「你們警察，問時辰？想起來，你是予娟說過的乩童刑警對不對？」

頭銜挺煩人，說不定他去學廚藝，上網秀兩道菜，換個廚師刑警的頭銜會好一點？

拿到朱予娟的八字，羅蟄反而猶豫，做為刑警不該仰賴怪力亂神。

房子蓋得家徒四壁，高級的家徒四壁，電視節目裡說這叫工業風，順山坡而建的兩層樓挑高單斜頂房子。建築師不顧冬天凜冽的東北季風，堅持以一整面落地玻璃迎接台灣海峽的落日。

當初建造者以為view是一切，蓋好之後才明白伴隨view的往往是寂寞，住一個月便逃回台北，從此一年來一次看落日是否依然動人。

院子與台階前長了些雜草與野花，小蜥蜴見到羅蟄，以S形閃躲步法轉眼間鑽進草堆，落日躲在雲層後面，雲層前面則是霞光萬道的天幕。

看樣子適合烤肉。沒找到烤肉架。

一路隨西北風捲來的灰沙可能被山壁攔住，細沙落在屋頂與院子，軟軟一層，比韓國草皮難看卻更適合腳踩下去，踩厚地毯一般。

門口四雙鞋，方尖頭日式上班族皮鞋、Nike經典款穿得快分裂的球鞋、白色高跟鞋，靠，五公分高？一隻倒的，一隻立的，聖杯。經常上菜場的女人涼鞋，僅一公分的鞋跟，被磨得往一邊歪。

羅蟄往方尖頭皮鞋內瞄一眼，義大利的，不上油不保養，這人從小的家庭環境不錯，即使價錢高的鞋子也視為理所當然的不就一雙鞋子。Nike大概不幸落入過動兒腳下，成天到處跑，不洗不曬，倒是換了新鞋帶。

兩雙女鞋則有如母女，涼鞋的辛勞扶養出聖杯的高跟鞋，不禁想起爸媽，一生為兩男一女忙碌，好不容易養大，沒一個在身邊，都去了與成長一點關係也沒的台北──右腳鞋底比左腳磨得厲害，這位涼鞋媽媽右撇子，右手提菜籃、右手抱孩子，不留意間，她的人生向右傾斜，如果全人類都這樣，會不會使地球反方向地旋轉？

換上藍白拖，室內的灰沙不見得比戶外少，台灣人的習慣，進屋穿拖鞋，與外面接觸的外出鞋留在門外。

台灣的疫情比其他國家相對不嚴重，說不定和習慣有關，公寓的樓梯間雨天會掛滿雨衣、雨傘、機車安全帽，平常堆滿各式鞋子。當新冠肺炎開始露出威脅性時，門口再多了洗手的酒精。

不顧公寓大廈管理辦法，屬於外出用的衣鞋一律堆門外。

玻璃內是起居間，沒有電視的客廳、沒有冰箱的開放式廚房、沒有冷氣的高溫，看來屋主不但不常來，根本不太想來。

已有兩男兩女半躺半坐地在白色皮沙發內檢視他們的手機，兩個掛健保卡領取的標準型淺藍色口罩，一個粉紅色的，一個戴有點打混的黑色防塵霾用的，羅蟄戴上極其低調白色的。一名男生無視於剛進屋的羅蟄，甩動手機喊：

「怎麼可能，怎麼可能沒訊號。」

推測是皮鞋男，他的口罩拉到下巴。

高跟鞋的粉紅色口罩則於兩側栓了條增加造型的手銬鍊子，拿下口罩可以吊在脖子上，不容易遺失。

收不到行動網路，屋內沒有wi-fi，羅蟄相信不會有人張羅晚餐，希望找得到泡麵，叫外賣想必很挫折。

他隨意散步似地檢視房子，依山壁而建，後牆與山壁之間留了道寬且深的水溝，溝對面建了矮牆，用來擋土石流。其他三面則都圍在白色高牆內。一樓是大客廳與大廚房、大廁所，沒有其他房間，二樓兩間無床無椅的空房與落地玻璃的大浴室，他試了下開關，沒熱水，看樣子掛在後牆的熱水器電池沒電了。

有趣的是屋頂，斜的，三扇高高的天窗沒窗簾，傍晚的西曬製造天然三溫暖。

一隻壁虎，院子裡蜥蜴的親戚？

霓裳仙子坐林肯大車來，羅蟄好奇那麼大的車子怎麼塞進小徑平安地抵達。看到真人，大約四十左右，畫得濃黑眼影、鮮紅嘴唇與敷了近乎石膏的脂粉。拖到地面的銀色絲質禮服，背部裸露，留下一道比基尼的白印。不搭的是她左手腕套兩圈佛珠，淺綠色的玉珠與咖啡色檀木珠，見到羅蟄即兩手合十地念：南無阿彌陀佛。

一手提一個袋子，羅蟄穿上鞋出去接，其中一袋裝香燭紙錢，另一袋乒乒作響，兩瓶葡萄酒和紙杯。

如此虔誠卻打扮艷麗的佛教徒女人，替自己取名仙子、主持請碟仙儀式；請神送神的紙錢與兩瓶基督教世界的紅酒，明明是陰靈卻稱為碟仙，高低差？後現代？牛排與麻婆豆腐共組晚餐？朱予娟真的來過這種地方參加問訊姻緣的儀式？

其他人似乎了解仙子的規矩，同樣合掌念佛地打招呼。由她帶領，大家跟著念一段佛經，羅蟄聽不清內容，嘴唇跟著動做做樣子。隨後霓裳仙子解釋，請到碟仙的機率五十五十，城市內人多陽氣旺，不容易請到，到荒郊野外就高了，這是選擇芒草空宅的原因。

「最重要的心誠，不要對碟仙隱瞞，萬一惹碟仙生氣地請來送不走，不太好處理。彼此認識一下，誰先開始？」

自我介紹時羅蟄說了謊話，儘管不能對碟仙說謊，但管不了這麼多，萬一刑警請碟仙協助破案的事情上了網，齊富的模擬者就不用混了。

三十多歲的男業務員被稱為A，外面血紅色馬自達CX-5跑車大概是他的。戴副假掰白框眼鏡，可能平日泡夜店的時間超過跑業務。兩眼沒離開過手機，講話時也看著手機，令人誤會他的視線一離開螢幕，身體便從眼睛起一寸寸化為岩石。

二十左右的B男是大學生，自稱醫學院的，說不定已在醫院實習，羅蟄從他身上聞到消毒水味道，外面的破爛舊機車、NIKE球鞋猜想是他的。

穿白色公主洋裝的C不用開口即可猜出她問的一定是感情，焦慮地不停抖動肉肉的小腿。Volvo是她的。

D女較特別，四十歲了吧，略胖，如果不穿短褲、底快磨穿的涼鞋、衣領鬆垮垮的T恤，說不定有可能也問感情，不過她的Gogoro機車上掛了裝中藥的塑膠袋，猜測家裡人身體狀況不好，想問健康的事。

霓裳仙子說天黑後開始請碟仙，大家可以放鬆點。於是她帶來的兩瓶紅酒很快空了，羅蟄並未多喝，其實工作時間內他根本一滴也不該喝。參與的人得付兩千元，他不喝白不喝，再說唯獨他不喝，留給與會者的印象未免過於深刻。

沒向齊富報告，沒對同事說過他來問碟仙的事，已經乩童，不宜再碟仙。

溫府千歲會有意見嗎？如果碟仙來了，羅蟄可以確定溫府千歲早已離他而去，如果碟仙來了又走，表示溫府千歲仍在，一本神明堅定的驅鬼立場。還有一個可能，碟仙根本不敢進門，老遠即見到神明直沖九霄的金光。今晚能請到碟仙的機率只怕比五十五十低許多。

朱予娟參與了請碟仙活動回去後，心情低沉了幾天，露露Line好幾次，已讀不回。可以大膽推測朱予娟於碟仙活動時受到不知什麼樣的打擊，心情沉重得不想和閨蜜分享。

碟仙告訴她，男朋友其實已婚？

羅蟄的目標是霓裳仙子，露露說朱予娟很信她在網路上講的那套。仙子一定記得朱予娟，請完碟仙之後，羅蟄必須從仙子嘴裡問出朱予娟到底問碟仙什麼。

天黑了。聽仙子吩咐，參與者分別關上門窗，前門、後門從內鎖上，房子沒冷氣又不通風，悶得襯衫緊黏背心。

太久沒喝酒，羅蟄腦袋有點重，想睡覺，沒來得及睡，霓裳仙子往圓形玻璃茶几上鋪了一張大紙，寫滿字的格子紙。

「等下我們的食指放在碟子邊緣，輕輕放，不要用力，一用力碟仙就走了，他們很敏感。」她掩著嘴自顧自地笑，「從A開始問，大聲說出來，儘量問是非題，碟仙會帶我們到回答的字上面。這邊有『是和不是』，那邊『對和不對』，這裡『好和不好』。可以說出你想了解那個人的名字，碟仙不一定認識，碟子走到不是的地方，最好不要追問同樣的事情，有時候碟仙會失去耐心。」

天色更黑，仙子看看錶，她選擇的時間到了，點起三根蠟燭，所有人聚到圓茶几旁，伸出食指輕輕按在倒放的吃水餃用醬油碟子邊緣，聽她喃喃自語：

「碟仙碟仙，請快快來。」

沒有動靜。倒放的碟子本來就不易移動，六隻食指壓在碟緣的不同位置，羅蟄睜大眼留意哪隻指頭顫動或彎曲，代表有人使力挪動碟子。

沒人使力，碟子比地板上的空酒瓶還安靜。

仙子再以她細柔的聲音說一遍，羅蟄的視線不能不轉往低領禮服內白皙的乳房，前傾的關係，垂成兩大坨。他晃晃頭，此時不宜分心。

沒人喘氣。碟子動了動，很輕微，像底下藏了隻蟲子，它嗅到外面新鮮的空氣，想探頭出來呼吸。

碟子又不動了，碟仙走了？

「等等，不要急。」

溫府千歲在這裡，嚇走碟仙？

碟子又動了，動得不像哪個人能操作，它上下極小幅度地抖動，跳舞的樣子，不是走路。很快它停下，羅蟄的食指感受碟子的存在，真有什麼在碟子裡！

仙子的眼神示意下，D女先開口問：

「碟仙，碟仙，我丈夫北投復興路的王志強上個月走了，他還好嗎？」

丈夫死了，仍擔心他在陰間的日子過得舒坦嗎，痴情女子。

碟子動了，羅蟄確定自己沒有使力，其他指頭沒有變化，看不出來任何人動的跡象，還是他酒喝太多，看不清了？

碟子在紙張上移動一陣子，碟緣的紅色箭頭指在「很好」兩個字上。

「能不能幫我問他，一銀的存摺放在哪裡，我怎麼也找不到。」

碟子再次移動，這次在紙張上兜圈子的兜了兩三圈停在「上」字，不過又轉動的停在「下」字。

「上面抽屜?下面抽屜？」

碟子抖動一下而已，沒有移動。

「啊，我懂了，掉到抽屜和抽屜中間的隔板？」

碟子移動的速度增快，一下子紅色箭頭指向「是」。

仙子向A男點點頭，羅蟄聽到他吞口水的聲音。

「我爸，士林區的申寧遠，我爸會把公司交給我嗎？」

碟子沒動。

「交給我哥？」

碟子沒動？

「不會交給我姐夫吧。」

碟子動了，動的途徑很奇怪，在「是」與「不是」繞了一下，卻停在紙張沒寫字、沒畫格子的白色紙邊。

「他的病會好？」

碟子表現得不耐煩，筆直的移至「是」。

「醫生說他只剩三個月，肝癌末期了。」

這次碟子移了兩公分即停在「不是」。

「我爸會好喔？」

仙子朝A男皺皺眉頭，C女已搶著開口，她問得直接：

「我今年會結婚嗎？」

碟子移至「不會」。

「明年呢？」

碟子沒動。

「後年呢？」

碟子還是沒動。

「我會不會結婚？」

動了，它動到「不會」兩字上。

「不結婚對我好或不好？」

碟子移到「好」與「不好」中間。

「不好也不壞？」

碟子移到「對」與「不對」中間。

「對也不對？」

這回碟子移到肯定的「是」。

C女花了幾秒思考接下去要問什麼，B男不顧順序地插進去問：

「我爸，對，找我爸，不然找我媽，我想問我媽她躲到哪裡，我想問我爸他為什麼撇下我。」

不知誰的尖銳聲音：

「你是誰？」

碟子動也不動，羅蟄的指頭什麼也感覺不到，像失去知覺，像指頭已然不是他的。

明明關了門窗的室內不知怎地一陣風吹得燭光搖曳，忽明忽暗之際，帶著回音尾巴、顫抖的聲音交互重疊地問：

「誰找我？」

「心蕊，原諒我。」

「這裡太黑了。」

「一定有個男人在哪裡等我。」

「存摺明明在抽屜，你瞎了眼嗎？」

「我該左轉還是右轉？」

「她深夜在淡水碼頭不見了，她活著嗎？」

「叫老路來，我只對他說話。」

「她人呢？」

羅蟄心頭一驚不由自主從左至右地看，可是看不清楚，蠟燭被吹得僅存最後一口氣，好幾層陰影扭曲每張臉孔。

頭重，眼皮更重，羅蟄想抽回貼在碟緣的指頭，可是怎麼也無法指揮他的右手食指。碟子塗了膠水黏住他指尖似的。

「為什麼找我——我——我——」

「我不是他小三，不認識姓葉的，找錯人了。」

「電梯太快，太快，我的心臟，我沒辦法吸到空氣。」

「她死了？」
「左邊第三間房。」
「素娥呀，我找妳找得好苦啊。」
「你到底是誰？」
「她沒死，她躲在浴室白色磁磚的後面。」
「王八羔子你姓林的生孩子沒屁眼。」
「誰找我？誰……找……我……。」
「我見過你。」

碟子終於移動，以極緩慢的速度，有力量拉扯它？碟子一點一點向羅蟄靠近，越過半張紙、超出紙、侵入玻璃圓几地停在羅蟄面前。
「要問什麼快問，我受不了啦！」仙子嘶吼。
「淡水，朱予娟！」羅蟄喊。
碟子再上下抖動。
「外面是誰？」
「阿公，吃飯，阿婆到處找你。」
「素娥，不要忘記誰養大妳的！」

「你們不要再逼我，退，退，滾！」

「告訴你左邊第三間房，要我說幾遍！」

「真的不認識姓葉的，嘿嘿，認識姓陳的，小陳，你給我記住。」

「你問朱予娟？你是誰？」

「誰找我？」

「求求你，我都已經這樣了，你放過我吧。」

「不是他，我找的不是他。」

羅蟄連聲音也發不出，無數的影子被燭光投射到牆壁與玻璃，以不同的形體逆時鐘地旋轉。他大腿用力地想站起身，可是力氣停在大腿，無法轉移至腰部，他不能這樣與桌面上的小碟子僵持，試著舉起左手，高高舉起，然後握住右手腕，得擺脫碟子。他看見牆上也有自己模糊的影子，影子並未舉起左手，甚至他的影子也捲進其他影子的旋轉裡。

「朱予娟，她在哪裡？」羅蟄從喉嚨擠出聲音。「她死了嗎？」

碟子沿紙張邊緣，走方格般遇直角即九十度轉彎地繞行一周，最後再次停在羅蟄面前。有靈魂一樣，碟子停下，紅色箭頭如同眼珠，牢牢鎖住羅蟄，想起去年死在福澤廟裡的小梅，她空洞的兩眼望著廟門外火紅的晚霞，空得找不出一絲漣漪。碟子並不空洞，冰冷地看著羅蟄，作勢要往前撲向羅蟄的喉嚨。

明明關了門窗，不知風從哪個縫隙透進屋內，吹得三隻燭火大幅度搖擺，每張臉孔、每雙眼睛陰沉地望著羅蟄。

「不可以，不可以，一次一個人問，來太多了，太多。」仙子被上身似地不停擺動她的長髮、她變形的嘴唇、她巨大的乳房——

「你找不到朱予娟。」

誰說的？是誰？

「壓住它，來了不只一位，用力壓，來太多了。」

碟子失去控制地四處亂竄，愈來愈快，快得如同電玩裡的賽車。女生發出驚叫，羅蟄頭昏想吐，他試圖閉上眼不看碟子，依然閉不上眼，連眼睛也不是他的了。

就在羅蟄覺得身體要被碟子甩出去時，對面的C女吐出一口鮮血，吐在羅蟄臉上，羅蟄終於鬆開指頭，碟子撞到他額頭，再筆直飛向天花板，碰的一聲朝下落，重重摔至大理石地磚砸得粉碎。

又一聲慘叫，這回是A男，他也吐出一口血，同樣吐在羅蟄身上，霓裳仙子大聲尖叫，詢問存摺的D女歪身倒在羅蟄身上再滑到矮几下，對面B男站起身，猙獰的兩手朝前伸，他要抓羅蟄。仙子往羅蟄壓去，兩團巨大的乳房堵住他的口鼻，伸手去推，推不動，太重，有人壓到仙子背上。

屋內有第七個未做過自我介紹的人，從這邊晃到那邊。腦中閃過發出火花的光點，「七」是除不盡的質數，它的阿拉伯數字形狀像把手槍，中文裡像古代兵器的戟，即使大寫的「柒」也比其他數字高傲。它跟在代表大吉大利的「六」後面，在代表平衡的「八」前面。情人節是七夕，鬼月是七月，基督教裡人類的七宗罪，上帝創造世界於第七天時休息。「七」是所有數字裡最無法定義的，它極端，它絕不圓滿，它尤其不該出現在今天晚上。

「七」是誰？

門窗已反鎖，事前他檢查過每一房間，「七」怎麼進來的？

他見到飄忽不定的黑影抓仙子的兩腳，直覺地拔出警槍，也許他喊了「不准動」，也許他說了「我是警察」，羅蟄只記得他扣下扳機，一槍把黑影釘在牆上，也許他還喊：「統統蹲下！」

第二部

「別理總統、院長、部長那套未定罪前人人無罪的漂亮說法，對刑警，排除嫌疑之前，街上貓狗，你家廚房的蟑螂也是嫌犯。都點頭，聽懂了，很好。」

——刑事局副局長齊富

1

他快步經過護士站，值班護士在櫃台後忙著敲鍵盤，頭也不抬，另兩名護士推金屬製的醫療車進入七〇一號病房，傳來「陳婆婆，我們吃藥囉」的溫柔聲音。穿睡服老人拄拐杖的身體歪曲地走在長廊另一頭，與中風後不良於行的一條腿抗戰。醫院愛用蒼白的燈管，光線反射至平滑的地磚，折射至漆得粉白的牆壁，想以粉白掩飾人生盡頭處的灰暗。

沒人研究過，其實人類在光亮白色的地方無法長久停留，倒是黑暗令人平靜，能安穩滿足地睡覺。

沒人看到他，白袍將所有光線反射回去。

七一五號病房內第二床的老人看到他，沒打招呼，只是費力地轉動眼珠想擠走眼角的眼屎。鼻管、呼吸管、點滴管、心電感應的電線限制他的世界於病床。全身插滿管子，看得出他眼神傳達出的祈求，沒有驚恐。

第一次他曾擔心臉孔留在老人瞳孔的記憶中，納入閻王爺的資料庫，三次之後他相信那對正渙散的瞳孔看到的不是他，是天使亦或死神亦或兩者合一的某個虛幻影像，也可能根本不在乎任何人，如同蔚藍的天空對飄過去的白雲既無興奮也無不滿。

他戴上外科用的手套，小心扶起老人後脖子，抽出下面的枕頭，將枕頭慢慢往老人臉上壓。刻意地慢，期望老人了解他即將要做的事並釋懷地接受。

累積多次經驗，他動作輕巧地不碰掉管線。死亡前的人如等待裝潢的房子，水管、電線管、冷氣管橫七豎八地糾纏於屋頂，等待工人安裝三夾板釘的天花板。人等待棺材。

枕頭雖大，兩掌的力量只集中於老人的臉部中央，壓住口鼻，死與活的差別僅在呼吸。

沒有緣由地想到一個笑話，誰說的？魚缸內的魚不慎跳出圓胖、蕾絲邊的玻璃缸，它扭轉身子地彈跳，設法活下去，沒想到幾天後居然能在無水環境下自然地呼吸，主人很高興，往它的魚鰭綁條繩子一起出去散步，它不懂路上的狗為何一直吐舌頭喘氣，不懂貓為何好好的人行步道不走，老是跳在一輛輛汽車的車頂。金魚對狗說，氧氣足夠大家享用，不必搶著吸。金魚對貓說，你以為上面的空氣比較多嗎？

金魚得意地和人一樣的呼吸，對缸內其他的魚說，真的，外面的空氣真的比較好，你們要不要跳出來試試。有天金魚滑了一跤跌進路旁的水溝，竟然無法呼吸地溺死。

離開水的金魚遲早得死，停止呼吸的人同樣，世界上最真實不過的真理，但死前有段幻覺時間，說不定老人在枕頭底下正設法適應另一種呼吸方式，早適應與晚適應，終究得適應。

枯乾、佈滿皺紋與斑點的手不停地抖，床尾的動靜更大。

人的死亡，腳先死，在腳趾頭，用力得筋骨幾乎戳破皮膚地向上延展、與腳掌一起扭曲、上舉，最後無力地踢了床尾桿一下。

腳的最後奮戰離枕頭太遠，離生命太遠。

這是教學醫院，設備一流，醫護水平一流，當老人心臟停止的那一刻，心電機理應立即將訊息傳至值班台的警報器，他早已切斷警報器的電源，因而當護士留意某間病房的心電圖僅剩下平淡的橫線時，一切已結束。

心電圖一定是藝術家設計的，當綠色的線躺平時，人也躺平了。這個笑話不錯，回去講給妹妹聽。

七個月來老人進出病房五次，其中四次是深夜，這次停留的時間最長，待了十七天。問題不在於十七天長得令家屬難以忍受，在於如果他被送回家，預期幾天後得再回來，萬一死在家裡，家人親眼看著至親痛苦地死去，可能更難過。

人該死在醫院、公司，死在戰場，表示與死神搏鬥過，英雄般進入鋪滿鮮花的殿堂。搏鬥後的死亡是最好的結束方式，家屬得到解脫，老人努力過，事後當心存感念，院方雖得檢討警報器的失靈，若家屬不提告，此事也雲淡風輕。

老人的死還將造福分領遺產的子女、守在太平間外面的殯葬業者、股票上市的靈骨塔公司、念經念佛的道士和尚——還有協助老人早點轉世投胎的他。

不知道家屬的哪一位，繼承老人公司的長男機會最高，找上三重的菜頭，然後老人的醫院、病床、姓名傳至他手機，二十萬元轉帳進他帳戶。隨即他得做兩件事：提出錢存進另一個名字的帳戶，到醫院勘察環境。

結束生命用刀槍，太誇張；用兩手，太戲劇化；用毒藥，死亡時間拖得太長；用炸彈，給大體化妝師找麻煩。喜歡用枕頭，觸感軟綿綿，溫柔地讓人斷氣，並且無損於它的潔白。

在枕頭上斷氣代表福氣，死得舒坦，換成於枕頭下斷氣，意思相同。

頂多兩分鐘，病入膏肓的老人只剩最後一口氣，他的掙扎是無意識、純粹直覺的反應，一如喝水進氣管必會咳嗽，醫師敲擊病人的大腿膝蓋會出現小腿向前踢的反射動作。長期與呼吸器相處的老人見過死神，曾見過一名老人每天傍晚總問妻子：「那個誰，怎麼老坐我的沙發？」

他們不懼怕，充其量對死亡的來臨仍不免難以理解。

老人盡力以殘存的力量抖動老邁、幾乎消失的肌肉，表達他對人生最後的依戀，時間很短，而後洩了氣的汽球般癱於失禁的尿糞中。

死亡有時候複雜，有時候直接，兩者差別在於是否有人於一旁以同情協助。

他拿起枕頭，熟練地抽換枕頭套，將枕頭放回老人頭下，第一床的另一位老人仍睡得很熟，說不定裝睡，沒有伸手向他要名片。

兩名老人是老友，三十年前一起去大陸擴展事業，一個做印刷，一個做紙箱，相互配合，賺了錢回台北買信義區的高樓，兩家同一層樓。三年多前醫生於一個月內先後宣布他們的病情，在家人的支持下，決定若住院，住同一間房，有聊天對象，照顧起來也方便。

家人缺乏遠見，能照顧他們的只有這雙外科手套和枕頭。

既然來了，順便處理第一床？兩名老友同時告別人間，黃泉路上相伴不是很好？他沒有順便，違反原則。他是「處理員」，收取酬勞完成工作，就算黑白無常不也得按照閻王的生死簿行事。

沒忘記在床旁的櫃子檯面放上平安符，老人生於民國二十一年，壬申年的輪值太歲是劉旺大將軍，劉旺是明朝的都指揮使，與韃靼人作戰中伏，用盡箭矢而亡。他輕輕撫平符上的絲帶：

「天晴，攝氏二十七度，阿伯，一路好走。」

離開時他走長廊尾端的太平梯，推開門的那一刻聽到值班櫃台傳來護士的驚叫，她發現七一五病房二病床的心電圖停了，並發現警報器未發揮功效。

人們愈仰賴科技，愈喪失之所以為人的本性，以一堆機器延長的是死亡的時間而非生命，管理生命的不是電腦，是無法討價還價的命運。

出了急診室大門，他進一旁的便利店買了罐台啤的十八天生啤，回到停車場的矮牆坐下，七樓那間病房的人影閃動，這是院方反應最快的一次，純屬運氣，護士正好看了病房監視器，而他仍及時地離開。

台北市政府刻意減少街頭的垃圾筒，行人不方便，回收為業的拾荒者更不方便，何必做兩頭不討好的事？

在書上讀到「拾荒者」，恍然明白幾十年前對名詞的講究，幾乎可以用做油畫、詩集名字，比起現在粗糙的「環保業者」典雅多了。

騎車經過石牌路時，一股涼風吹走後座的枕頭套，大自然回收。他不喜歡老人味道，濃郁的油臭味集中在枕頭，隨風而去吧。

處理員的工作還造福其他人，空出的病床能收容年輕、醫治得好的病人。他不明白為什麼把大部分醫療資源浪費在拖日子的老人身上。老人有錢為什麼不全部自費，憑什麼用健保？

台灣人平均壽命八十點七歲，台北市最高，八十三點六歲，遠高於台東的七十五點八歲，說明台北的醫院多、醫生多，強行把該死的人拖延幾年，藥商賺錢，醫生賺錢，適時的死亡是種福氣，可是妨礙金錢的運轉。

斷氣的二號病床老人八十八歲，超過平均值。對得起台北市和台灣的數字了。

每次完成工作肚子一定出奇地餓，不是生理需求，心理需求。他騎到豆漿店，三份蛋餅、三份蘿蔔糕、三個豆沙包、三杯熱豆漿，吃得飽飽的好睡覺。

幫助老人解脫，報酬二十萬元，不貴，否則花在老人的看護費、營養費、健保費一年至少一百萬，其中一半由全民健保負擔，他是全民之一，每兩個月收到通知絕不敢拖延地乖乖繳納健保費。他幾乎用不到健保，把拔不用，妹更不用。他對妹說，差不多的時候自我了斷，乾脆點，拖太久，告別式用的照片比死人還可怕。

付帳時他忽然想，說不定該漲價，永和豆漿一杯早漲到二十五元，大家忙著搶錢，他卻悄悄地做慈善事業？

不久前的新聞，一位老太太失蹤五天後出現於山道入口處，子女興奮地抱著她哭。媒體說是魔神仔帶走她，傳說中魔神仔是穿紅衣服的小孩，引誘老人隨他進深山，目的不在傷害，只是戲弄。

說不定他是魔神仔，但他不會無聊到戲弄老人，他幫助老人走進深山、走進另一個歡迎他們的世界，如此而已。

「為什麼老太太又走出山？魔神仔就是魔神仔，你就愛把什麼事都扭曲成你的道理。很煩。」

靈靈，妳不懂，這些事都由我做，妳是看人搬磚，在旁邊喊累。

2

羅蟄睜開眼，第一個見到的不是醫生也是醫生，丙法醫掀起口罩露出兩顆尼古丁熏黃的門牙對他笑：

「我說沒事吧，小蟲年輕，抵抗力強，老齊，現在的醫生夠狠，我說吃點毒品死不了人，他們照樣朝小蟲血管裡打一堆肉圓花枝羹，不怕血管塞爆。」

「誰叫你玩碟仙？為什麼不先報告？乩童玩碟仙，根本拿筷子吃義大利麵，故意給店家難看？店家不在乎，你給自己難看！」

出現的第二張面孔是戴一角印了國旗圖案的齊富，除非吃飯，絕不脫口罩，與怕不怕病毒無關，他喜歡口罩，不必天天刮鬍子，說不定也不必天天刷牙。

「你被下藥了，驗出苯乙胺，產生幻覺，用時髦的名詞講，迷幻藥。吃得爽吧，下次要不要試試搖頭丸？」

丙法醫嘲諷完，輪齊富開罵：

「刑事局的刑警，堂堂我齊富凶模組的成員，吃迷幻藥，你丟不丟人？說，怎麼回事，哪裡弄來的藥？」

想不起來，他沒喝水、沒吃食物，喝了兩杯酒，問題出在那兩瓶霓裳仙子帶去的紅酒？

「吃一點苯乙胺還好，放鬆心情，你大量服用，注意力分散，容易憂鬱，變得疑神疑鬼。下回別費事吃違法的迷幻藥，吃巧克力，裡面也有苯乙胺，多吃點，吃個兩三公斤，你爽，賣糖的更爽。」

老丙講得開心，齊富比美國櫻桃還大的眼珠子快冒出火：

「現場六個人都驗出迷幻藥，刑警參加迷幻趴，小蟲，你他媽真能替長官沒事找事。未向上級報告，跑去搞非法活動、服用禁藥、不假外出、違規使用公務車、違反警械使用條例，迷上那個什麼仙子的大咪咪？拜託，找個女朋友結婚行不行！寫一萬字報告說明誤擊老百姓原因。」

七個人，第七個不知哪裡來的。他開槍射擊的是第七個。

「我同意你們老大，咪咪大的女人除了餵奶方便，其實沒什麼。老齊，我看別寫誤擊老百姓的報告，寫打手槍的好處。小蟲，經常疏通對身體好，跑去找碟仙就為了上大奶仙子？太不值得。」

「算你命大。倪小姐，你們叫她霓裳仙子？自稱活佛、仙姑、菩薩、仙子的都是騙子，你看看歷史上修行高的和尚頂多叫大和尚、老和尚。你的仙子有個女助理急事叩她，打手機沒人接，覺得請碟仙不會那麼久，她住得近，從基隆開車到他媽的靜心山居，明明是棟廢宅，靜心個屁！你們一個個躺平，金山分局兩輛車去現場，從其中一個迷幻過頭的混蛋口袋裡搜出刑事局服務證。事情大了，分局長擂我手機，他這麼說的：報告老大，你的乩童刑警在我管區玩碟仙中邪了。像話嗎，傳出去我的一世英名往哪裡放？」

「不用擔心，休息一陣子，吃一次迷幻藥不會上癮。感覺怎麼樣？想不通怎麼有人愛把自己搞得神智不清，很多合法的替代品，高粱酒、威而鋼、印度神油——」

「別打岔。小蟲，我不明白，雖然當乩童未必一世英名，起碼廟會、神明繞境，算個咖，怎麼會去弄孤魂野鬼的碟仙？」

碟子動了，回覆了參與者的問題，看似碟仙沒錯，不過羅蟄當時並未感覺不尋常的氣場，沒見到靈魂飄擺的灰色煙霧。見到的第七個人影是嗑藥後產生的幻影，室內從頭到尾只有六個人？

想坐起身，羅蟄被丙法醫壓下去。

「不急著起來，逮到機會住院就多住幾天，有醫療保險吧，我幫你問問能不能補貼頭等病房的差價，反正保險費繳了，不用白不用，住七天，養得白白胖胖再出院。」

「說，深更半夜跑去荒山請碟仙為了什麼？任務需要？和哪件案子有關？你是刑警，朱予娟失蹤等著我們去救，怎麼放下工作跑去求碟仙，吃飽太閒？精蟲穿腦？雙皮撞奶？碟仙是什麼碟，茶杯碟、點心碟，你他媽火星來的飛碟！」

急診室裡醫生、護士的腳步聲此起彼落，不知誰掀開簾子看，火氣正大的齊富一把揪住戴綠口罩、拿相機的男人：

「急診室，你拍什麼？當心我告你侵犯隱私。」

「齊老大啊？我奔傳媒的小李，你怎麼在這裡？」

齊富移動兩步，擋住病床上的羅蟄：

「小李，我沒認出你，你倒認出我？」

「口罩，老大，你的口罩有國旗，全刑事局只有你的有國旗，連我老總都要我問你哪裡買的？」

「國旗貼紙，文具行有，買了往上面貼！去，去，別在這裡礙事。」

兩名刑警不出聲的潛至小李身後，一人抓一條臂膀架記者出急診室朝外面的停車場扔，扔垃圾袋進《少女的祈禱》音樂聲中的手法。

「合眾企業的老董昨晚病逝在七樓的病房，記者不擔心新冠病毒，擠進醫院搶新聞。小蟲，算你運氣好，媒體對老董的屍體，比對你的迷幻藥興趣大。老丙，問問急診室管事的，什麼時候可以出院，把小蟲撂在這裡不是辦法，記者翻急診病人名單，遲早發現大名鼎鼎的乩童刑警嗑了迷幻藥，還槍殺老百姓。」

那一槍果然打到人，打到誰？

「老齊，你的時代，台北有警察醫院，林森北路有黑道專門醫院，多好，警察住一起，記者混不進去；流氓住一起，警察混不進去，涇渭分明。警察醫院挖出流氓射的土造子彈彈頭，流氓醫院挖出警察用的聯勤兵工廠國造彈頭，兩邊交換，當做一場誤會，天下太平。」

「自嗨個屁，廢話完了沒？找你醫生學弟幫忙簽個字，馬上出院。」

「轉內科病房好了，多休息，明天得再驗一次血。」

「轉蜜月套房怎麼樣？辦出院！」

羅蟄可以起床，頭已經不昏，宿醉的感覺，噁心打嗝，沒氣力。

「直接回刑事局偵訊室，叫飛鳥做筆錄。」齊富不顧醫院的安寧，大聲講手機：「飛鳥，局裡見，緊急狀況。」

為什麼找飛鳥做羅蟄的筆錄？

◇　◇　◇

「老大，我很忙，誰都能做筆錄，為什麼我？」

偵訊室內一片亂，前一攤偵訊毒販留下的杯子、垃圾筒還沒清，嫌犯羅蟄還得為自己健康地各處噴酒精消毒。座椅擦三遍，桌面擦五遍。

市面上消毒用酒精被搶購一空，相關工廠不分日夜地生產，連台灣菸酒公司也加入國家隊，他們的酒精很好，就是味道不對勁，老讓人想試喝一口。

「你處女座的啊。」

齊富一把將羅蟄摜進椅子裡。

飛鳥也提酒精噴罐進來：

「為什麼我？」

她噴了桌面，再噴椅子，齊富說羅蟄噴過了，飛鳥理也不理，當羅蟄剛才噴的是殺蟑螂的藥劑，毒性不比新冠病毒低。

「水泥包裹分屍案的屍塊零零碎碎，老丙還得再驗一次，他是烏龜，有的爬了，我這裡人手不足，與其打呵欠地等他驗出結果，不如幫我忙。」

「要追蹤其他線索，老大，我要做的事很多。」

「飛鳥，小蟲坐在妳面前，刑警偵訊刑警，學妹偵訊學長，難得的機會。」

飛鳥花了一點時間思考，重重坐下，

「看了資料，小蟲學長涉及吸毒、濫用警槍、意外傷害，主張往傷害罪的方向偵辦，立法院修法，由三年以下有期徒刑改成五年，老大，辦起來有動力。」

她始終不喜歡乩童。

金山分局警車抵達半山的靜心山居，門窗鎖著，因為正面落地玻璃，看得見裡面七歪八倒躺了不少人，其中一人坐在牆角，牆上一灘血跡。帶隊警官見情況緊急，顧不了保持現場完整地敲破一扇玻璃打開門搶進室內，不久救護車載走六名意識不清的患者，一人槍傷，其他五人呈現中毒現象。

依帶隊警官的陳述：

地面全是玻璃碎片，我打破的玻璃、碎得一地的碟子、兩個破葡萄酒瓶。躺了六個人，三女三男，最初以為是性愛趴，他們都穿衣服，才往其他方面偵查。現場狀況一概錄影、拍照，請長官放心。

「學長找碟仙？請問他的姓名，金山分局抓到這位姓碟的仙人？」

飛鳥學齊富的口吻，表示她對偵訊有興趣了。

「碟仙是本名、藝名？幾歲，他的聯絡電話和地址？服過兵役沒，如果服過，老大，大數據庫找得到他指紋吧。」

飛鳥很積極地修理她學長。

「你們請碟仙的晚上戴了口罩沒？碟仙來了，他又戴口罩沒、量額溫沒，入境自我隔離十四天了嗎？不然違反傳染病防治法，罰款二十萬元。」

「看看，」齊富大巴掌拍在桌面，「小蟲，快點配合飛鳥，她一副想玩死你的樣子。」

一號中毒昏迷者為網紅倪映月，平日靠帶隊觀落陰、請碟仙之類的活動牟利，以碟仙為例，參加者一人兩千元，她一晚收入萬元，碟仙不收演出費，燒紙錢花不了幾百元，一本萬利，不錯的生意。擠擠事業線、露出半截大腿參加討論神鬼的電視綜藝節目，耍耍嘴皮子，增加名片上「通靈仙子」的頭銜，曾宣稱一度瀕臨死亡邊緣，見到發自另一世界的光線，從此專心研究人死後的去處。寫過一本書《平行的宇宙》，指的便是身後的世界。
服用迷幻藥過量，急救後無恙，已出院。留下身分證字號與居住地址、手機號碼。
回答警方的問題均不著邊際：
「他們在我網站上報名，匯錢到我帳戶。問他們的身分幹麼，我們又不犯法。沒看到誰開槍，那時我心跳很快，我有心律不整的毛病，救護車晚五分鐘到，說不定引發心絞痛。不信查我病歷。
「碟仙？我怎麼可能操縱碟子，在場的人都看到碟子飛起來，我有能力操縱成這樣嗎？誰說我故弄玄虛我告誰。
「他網上用的名字是齊福，老頭子的名字。哪知道來個小鮮肉，一點不像刑警。碟子最後停在他前面，我們的手指黏著碟子。這次碟仙來得猛，碟子轉得快，我們沒辦法坐，弓腰站著，差點扭到腰。
「請碟仙，誰不緊張？請不請得到、請到的萬一是厲鬼、走的時候沒送好，不是你們想的念念咒就來就去，很冒險的。
「碟子跑動得太快，一下子不穩，我上半身被碟子拉得失去重心，當然朝他的方向倒。
「聽到響聲，不知道是槍聲，他開槍打誰？為什麼打他？請碟仙犯法？
「再說一次，事前我只認識張小姐，她是臉友，常參加我辦的活動。」
二號中毒者張女，二十七歲，電視節目製作公司執行製作，未婚，與父母同住，不常喝酒，自稱只喝了一杯。院方認為她的身體無法適應迷幻藥，加上酒精，形成噁心、反胃乃至於嘔吐。因為嘔吐得厲害，她復原的情形最好，已由她父親簽名具保地領回家。

其父向警方表示，張女多次上網交友皆被騙，信心受到打擊，一天到晚求神問卜，怎麼講也不聽。

對碟仙的事她說的不多，但她確定碟子動了，碟子飛了，碟子摔了。沒聽到槍聲，對昏倒之後發生的事不復記憶。記得碟子起先跳動，接著快速旋轉，她被拉著動，暈車一樣的噁心，就昏了。

張女確定碟仙來過，她過去曾參加過類似活動，這次碟仙來得最快，她很怕。倪映月表示，一旦手指黏上碟緣，除非她送走碟仙，便由碟仙決定什麼時候放開碟子上的人。

雖然可怕，張女稱朋友、親戚比不上能看透她心情的碟仙，每次送完碟仙，能得到好幾天輕鬆的心情。

三號中毒者薛男，三十三歲，韓國汽車業務代表，體內酒精含量最高，驗出苯乙胺之外，還驗出苯丙胺，一般稱為安非他命，中樞神經刺激物使人興奮。身上未攜違禁藥物，但從他車內搜出二十三顆安非他命丸。

對於當晚發生的事，他說不出原因，可能碟仙離開的時候場面太亂，屋裡本來是張女的尖叫，換成仙子的哀求，後來他左邊的男人大聲吼叫，聽不懂，像和什麼人吵架，他嚇得退到牆邊。

不知道中槍，不知誰開的槍，直到警察叫醒他，已經躺在救護車裡，肚子很痛，才知道中了槍。

薛男住院觀察中，院方表示應無大礙。趕來的薛母嫌台大金山分院的設備不好，要求轉台北的台大醫院，緊急搶救後生命無礙，當晚以救護車轉送台北。已知會台北市警察局與刑事局。

涉嫌吸毒的部分另案偵辦，他母親帶來的律師表示薛男一時誤食毒品，深感後悔，願接受政府安排的戒毒課程。

持有毒品不是重罪，安非他命是二級毒品，有期徒刑兩年以下或罰金二十萬。看薛媽媽的打扮和律師的氣勢，二十萬大概九牛一毛。律師聰明地要他當庭認罪，至於被羅蟄槍傷一案，律師更聰明地說雙方可以談怎麼和解。刑事局得謙卑地和薛家討論認罪協商，交換薛男不對羅蟄提出告訴。

他也篤定地相信碟仙來過，按在碟子上的食指沒有用力，被碟仙拉得在茶几桌面到處轉，雲霄飛車的感覺，心臟快速的上上下下，差點跳出他嘴巴。

四號中毒者蔡女，四十一歲，其夫兩個月前車禍喪生，蔡女領著七歲女兒在北投經營其夫留下的水果店。對主治醫師表示從未服用過精神性的藥物，她喝了兩杯紅酒極不舒服。可能對迷幻藥或酒精過敏，胸口與臉部起紅疹，由金山分局完成筆錄後即出院，院方建議她這幾天回診做過敏原檢驗。

她見到碟子移動與碟子飛起，其他的均無記憶。

與之前兩人相同，她按碟子的指頭沒有用力，相信碟子自己移動，也就是說她認同倪映月等人對碟仙降臨的說法。

五號中毒者金男，二十三歲，就讀於輔仁大學醫學院，目前在附屬醫院實習，復原情況也不錯，留下個人資料後即出院。他向警方說明，因感情問題上網向霓裳仙子尋求協助，聽說她那晚要請碟仙，未加考慮便參加，不滿碟仙的回答模糊，後悔跑到深山浪費時間。不過他同樣確定從碟子的移動，碟仙至少於昨晚真實地存在。

「我們食指都輕輕放在碟子邊緣，很輕，怕稍稍用力，碟仙不來就慘了。突然地，碟子下面好像有股氣，往上跳動，想把碟子頂起來，跳跳跳，其他人提出問題它就跑，對自己的回答很有信心的樣子。」

「問他我女朋友的事，碟子吃錯藥跑出仙子姐鋪茶几的那張紙，停在酷酷男生前面。他喔，帥，滿頭大汗，我猜他在抗拒碟仙——不是那種不要的抗拒，等一下的那種不要。

「沒注意槍聲，碟子往上飛的樣子你們沒看到，嚇死人，沒有加速就咻地往上飛，碰到天花板，再重重摔到地面。

「後面的事不記得，化學課學過，迷幻藥的成分可怕，不知道酒裡加了多少，後來嘔心想吐，說不定裡面還加了別的。」

聽到槍聲，不知誰開槍、誰中彈，他不舒服而喪失知覺。

學醫的怎麼相信碟仙？他回答：科學未必和傳統信仰衝突，數據真實與心理真實，兩回事。

「六號羅蟄，請說說你參加請碟仙活動的動機和經過。」

「對不起，我的腦袋昏昏沉沉。」

「先談碟仙。」

「追查淡水女警朱予娟失蹤案，我查到她的好友，淡水分局對面餐廳的露露，介紹她上網認識霓裳仙子，參加請碟仙的活動。露露沒去，她猜朱予娟問感情的事。請完碟仙回來，露露說朱予娟的心情更低沉。我循線找到霓裳仙子，參加昨晚的活動，以了解朱予娟與倪映月的關係。」

「什麼關係？」

「倪映月辦很多場碟仙見面會，朱予娟上網和她聯繫上，懷疑請教倪映月有關勤務遇到的困難，與男女感情無關。我本來計畫碟仙走了之後和倪映月談談，誰想到發生這種事。」

「公務的事能問碟仙什麼？」

「我想想，頭重得要命。」

「用警槍殺人的動機？」

「一個女的，一個男的吐血，吐得我滿頭滿臉，」羅蟄看看他的襯衫與長褲，「另一個女的壓到我身上，以為發生凶案，而且室內有其他人。」

「連你在內，一共六人。」

「我見到第七人。」

飛鳥中斷偵訊，她看了看齊富，一旁的老大很少這麼久沒表示意見，他拍拍羅蟄的手：

「你休息一下，喝口水，我和飛鳥到外面講幾句話。」

不能不暫停，羅蟄是刑警，《六法全書》上面定義得很清楚，偵訊時說謊涉嫌偽證罪，警察接受偵訊並說謊，加重其刑。羅蟄說室內有第七個人，金山分局趕到時屋子門窗無不從裡面鎖住，外人進不去，除非早有人躲藏在裡面。即使第七人躲在屋內，他怎麼能在警察趕到前離開並將門窗從內鎖住？那是荒山野地，僅一條山路通往海邊的淡金公路。

「小蟲吃了迷幻藥產生幻覺，我問過專家，請碟仙和觀落陰差不多，魔術師玩的催眠，和詐騙意思差不多。」齊富對偵訊結果不滿意。

「老大，小蟲學長是受過訓練的警官，不會因為幻覺掏槍殺人。」

「有點傷腦筋，我看讓老丙替小蟲打一針，好好睡覺。嘖嘖，兩眼眶黑得像貓熊，大概大小腦的腦漿混在一起變成稀飯，話也說不清。暫時別理他，妳和我去走趟現場。飛鳥，他怎麼老說屋內有第七個人，又說屋裡沒有碟仙？老丙保證他是正牌乩童，這些年我看他還正常，到底發生什麼事？嘿，飛鳥，已經農曆七月了？」

飛鳥看向齊富：

「老大，我相信小蟲學長是盡職的刑警，我堅決不相信乩童，不信鬼神。」

她不尊重警階，打了長官一槍。

3

靜心山居由金山分局派人看守，這個案子其實無須再封鎖現場，不是謀殺案，沒人死亡；不是搶劫案，參加的六個人沒掉任何東西；不是詐欺案，交兩千元請碟仙的費用，事前經參與者同意。真要雞蛋裡挑骨頭，主辦者沒開發票涉嫌逃漏稅。

碟仙存不存在屬於個人信仰，無涉司法。

是吸毒案，六個人皆測出迷幻藥反應，尚未找出藥頭或提供藥物的人，僅中槍的薛男長期吸毒，車內藏了藥丸，已列為證物沒收，血液中檢驗出毒品反應，送檢察官起訴。

是槍擊案，刑事局警官羅蟄以警槍射擊薛男，造成傷害。

是業務過失罪，薛男並未攜帶武器，未對在場其他人構成生命威脅，羅蟄未提出警告即開槍，明顯違反警械使用規則。幸好薛男傷勢不嚴重，刑事庭上羅蟄可能緩刑或不起訴，民事庭很難逃過賠償。

就警政署而言，警員誤用槍枝並打傷老百姓，督察室已主動展開調查。有幾個方法可以降低羅蟄犯錯的嚴重性，例如新配備的制式警槍PPQ M2沒有保險，容易誤觸扳機，羅蟄可以推說不小心碰到扳機，發射出子彈擊中薛男純屬意外。例如羅蟄體內測出苯乙胺，可以說喝了被人摻入迷幻藥的紅酒而意識不清，不慎開了槍。

「不行，我齊富四十年警察，不能教屬下說謊。誤服迷幻藥是事實，誤觸扳機就不確定，由督察室和檢察官判斷吧。」

「小蟲說的第七個人？」

「我們找找看。」

房子內所有窗戶只能從室內鎖上，兩扇門，前門與後門安裝了喇叭鎖和插梢，金山分局警員抵達時，前門裡面的插梢栓住。打破玻璃進入室內救助傷者的同時，檢查了每個房間，兩名警員同時見到後門的插梢也栓得緊緊。屋裡裝潢簡單，站在門口，每間房都一目瞭然，沒有可供人躲藏的地方。

摻入迷幻藥的兩隻空酒瓶已摔破，金山分局收集碎片送交新北市警局檢驗。六個紙杯均打翻，分不清誰用哪個杯子。參與請碟仙的六個人都拿過酒瓶倒酒，上面的指紋幾乎不具參考價值。霓裳仙子說她固定向天母一家店買酒，那天她去靜心山居前經過天母，買了四瓶酒，一路開到山居，途中未曾停留，抵達目的地後她帶兩瓶進屋，羅蟄幫忙接去袋子，不可能有人之前摸進她車內下毒。

羅蟄仍是嫌疑人。

新北市警局動作迅速，從現場扣押的兩隻摔破酒瓶瓶底並未驗出毒品反應，霓裳仙子車上兩瓶未開封的也未摻入毒品。若倪映月陳述屬實，說明苯乙胺與紅酒無關。

舉一反三，新北市警局也檢測了從空酒瓶拔出來的軟木塞，以顯微鏡與另兩瓶酒的軟木塞比較，同樣沒有針孔，現場沒找到針筒、六名嫌疑人身上也沒有針筒，未找到毒品或裝毒品的袋子，毒品怎麼被現場六人喝進肚子，而且數量不少。

「門窗反鎖，飛鳥，說說妳的看法。」

「我以為密室殺人是寫小說的惡搞出來的，老大不會當真吧？」

「小蟲以前對我說過密室殺人，舉了幾個例，記得其中一個，白痴睡在別人家，半夜死亡，他房間反鎖，凶手怎麼進去？偵探查出，凶手住隔壁，弄條毒蛇從牆縫鑽到隔壁，一時牙癢，好死不死咬了躺在床上的白痴一大口。」

「老大，偵探是福爾摩斯。」

「喔，那個愛抽菸斗的英國人？」

「虛構的。」

「還說什麼用屋外的水車推動凶刀，透過日本木頭房子牆壁的空隙伸進房內，也是好死不死刺進死者胸部，當場死亡。凶刀又被水車轉呀轉的再帶到室外，綁的繩子鬆了，刀子掉進屋外的雪地。人死在榻榻米，刀子插在外面雪堆，屋子門窗反鎖，也就不被視為凶器。」

「驗刀上的血跡呀。」

「古時候，飛鳥，好死不死水車這套也是古時候的事。」

「報告長官，小蟲講的密室殺人不具參考價值。」

「欸，不管什麼案例我們看看放心裡，活到老學到老嘛，你們那個福爾摩斯不管智商多高，真的假的會拉小提琴，還是得趴在現場地面找根毛、纖維什麼的線索吧？能破案的證物一定在現場。」

「我們再看一遍。」

「看。」

「老大看客廳，我進廚房。」

「手電筒呢？」

「長官，在你手機裡。」

「照相機呢？」

「也在你手機裡。」

「晚飯也在手機裡就完美了。」

金山分局調淡金公路與通往靜心山居產業道路周邊的監視器，其中一具位於山路對面的海巡單位三層樓營房前，運氣好，畫面未中斷，清晰得很。那一整天僅四輛汽車與兩輛機車轉進山路，經比對，汽車分別為霓裳仙子的林肯、薛男的馬自達、張女的Volvo、羅蟄的豐田。兩輛機車是張女與金男的。

只有條山路通往靜心山居。

除非翻山越嶺，不可能有第七個人潛入山莊。即使爬山當練身體地潛進去，既未謀殺人，也未搶錢財，他想幹麼？嚇人？

六個人集中於山居內，開始請碟仙的儀式前，倪映月防止貓呀蟬聲之類的干擾，從裡面鎖住所有門窗，關了燈，點三根蠟燭，喝兩瓶酒。六個人裡面五個人確定倪映月請到碟仙，六個人皆中毒。羅蟄開槍打傷一人，其他五人沒事，薛男倒楣，再住院一星期，如此而已。裡面聞不到仇恨和金錢的味道，下毒者忙半天，為了什麼？推銷毒品？

「老大，假設下毒者在屋內，六個人中的一個。」

「說。」

「他想對付其中一人，為了誤導警察辦案，苯乙胺加進酒，自己跟著一起迷幻，寧為玉碎不為瓦全。看來是復仇。」

「妳是說倪映月還是姓薛的？」

「家裡有錢的賣汽車業務員為什麼要對其他人下毒？迷幻藥在他車上，身上沒有。打扮成公主、單親媽媽也不像有仇人，羅蟄、倪映月兩個人比較可能是下毒者的目標，但最後六個人裡面薛男吸毒及持有毒品，標準的嫌疑犯。小蟲槍傷薛男，說不定兩人有過節，他藉喝下迷幻藥，射殺薛男以報仇。倪映月看來擺脫不了嫌疑，酒是她買的、她體內苯乙胺含量不高，嫌疑不小。都有個問題，動機咧？」

「呵呵呵，賣汽車的富三代設局害小蟲吃下迷幻藥，好勾引小蟲對他開槍，兜的圈子太大，他不嫌累，我想想都頭大。」

「老大，我就事論事。」

「請說。」

「羅蟄是刑警，得罪人不奇怪，倪映月沒被他逮過，根本不認識小蟲，她買酒摻迷幻藥害小蟲有點說不過去。」

「老大，我們現在找的是誰存心陷害小蟲學長，還是找小蟲學長為什麼開槍傷人？你想找真相還是只想替小蟲脫罪？」

「姓薛的早盯上小蟲。」

「不喜歡這樣，先射箭再畫靶。」

「我也不喜歡，那麼我們再找找證據吧。」

兩人大眼瞪小眼，沒有動機、迷幻藥沒毒死人，他們有的是開槍傷人的刑警。

「既然找不出凶手，我們用捨去法，最後一個就是凶手。」飛鳥瞪大烏黑的兩眼。

「很好，哪裡聽過類似的理論？」

「福爾摩斯說的，排除所有不可能因素，剩下的不管多離奇，多難以置信，絕對是不可否認的事實。」

「怎麼，現在的刑警不讀六法全書，全看福爾摩斯？」

「排除不可能的涉嫌者，刑警要做的就是尋找剩下那個人是凶手的證據。老大，符合你的要求了嗎？」

「聽起來是數學題目，高中畢業以後我的數學全靠計算機。」

「長官，請不要開玩笑。」

「不開，捨去法，六個人捨去五個，抓剩下那個。」

一號網紅倪映月在過去三年辦過七十六場請碟仙的活動，她助理提供的行程表註明其中六十九場成功請到碟仙，六十八場順利完成，第七十六場失敗。參加過的人大多加入她的臉書，有的陷入碟仙情結一再地參加。二號張女是其中之一，參與了六次，最初是請碟仙找她過世的外婆，再找前男友、問感情。

倪映月離婚過兩次，穿著與作風大膽，很多綜藝節目喜歡找她，光拍胸前波光粼粼的風景就夠吸睛。

和羅蟄沒見過面，不知羅蟄是刑警，找不出她摻毒品陷害羅蟄的動機。

「排除。」飛鳥肯定地說。

二號的張女更不認識羅蟄，參加過六次倪映月舉辦的請碟仙活動，製作公司的工作不盡如她的意，但有什麼工作能讓人百分百滿意的呢？而感情，羅蟄不是她狼心狗肺的前渣男，金男、薛男也不是。

張女列出三個可能對她不利的人名，看樣子她想刑事局去嚇嚇拋棄她的歷任男友。

「排除。」輪到齊富下斷語。

三號薛男不認識羅蟄，他坐的位置背對牆壁，當碟子往上飛時，受到驚嚇的起身後退，直到貼至牆壁，對射進他肚子的子彈事前毫無警覺。

「碟子為什麼往上飛？」齊富看地面的碟子碎片。

「要不是錯覺，就是凶手趁大家不注意，抓起碟子往上拋，障眼法，為刺激小蟲學長開槍。」

薛男長期使用安非他命，性情不穩，他不知道羅蟄是警察，第一次參加請碟仙活動，對倪映月的洶湧波濤沒興趣，兩人相差一段年紀，感情不糾葛，也不認識張女和單親媽媽。

六人裡面他最緊張，不是警方在他車上搜到迷幻藥，是倪映月提到的，他覬覦老爸死後留下的公司管理權。

「暫時排除。」

四號蔡女背景單純到無討論的必要，那個晚上之前，不認識羅蟄、倪映月或在場的任何人，她只想知道丈夫遺物中少了一本存摺，這本存摺關係下半年水果店的房租錢，如此而已。

她的說法與其他人一致，感覺到碟子的移動，她沒有用力，食指隨碟子動，開始的時候有點發毛，還好不是她一人。

蔡女信不信碟仙這套江湖戲法，與本案無關。

「妳請過碟仙沒？」齊富問飛鳥。

「我相信大自然。」

「請直接回答。」

「老大，我頭腦正常。」

「朱予娟失蹤和玩碟仙有關？」

「小蘇不是問過倪映月？」

「大咪咪的仙子說，對朱予娟印象深刻，漂亮的美眉，活潑、有朝氣，沒想到是警察。朱予娟問碟仙的事——」

「怎樣？」

「和案情無關，她的私事，飛鳥，朱予娟是我們同事。」

「長官喜歡對別人話說一半又吞下肚，不擔心晚上烙賽嗎？」

「大咪咪以為她問她爸爸。」

「啊，她爸不是和她媽離婚很多年，另外結婚了？」

「對，和新老婆生下兩個孩子，上個月不幸癌症過世。」

「……所以她請碟仙找陰間的爸爸？」

「心裡缺了一塊，想補上去。」

「找到沒？」

「沒問下去，太隱私了。倪映月對朱予娟印象深刻還有一個原因，她的爸爸和她不同姓。」

「姓什麼？」

「大咪咪記不清楚，一下子說姓霍，一下子說姓何，一下子說姓洛。喂，別這樣逼人家，年紀大，記憶力減退是正常現象。」

「倪映月年紀很大了？」

「自己看筆錄。」

飛鳥咬著下嘴唇看筆錄，很久沒說話。

「排除賣水果的蔡女士。對了，老大，小蟲學長調查朱予娟失蹤案而參加碟仙團，我們偵查的方向好像不太對。」

「偵查方向沒錯，小蟲於追查女警朱予娟案，誤用警槍擊傷無辜百姓，我們得設法證明小蟲開槍無罪，再追朱予娟下落，目前已有的線索，朱予娟的失蹤和碟仙有關，小蟲追查案子，和朱予娟有關。」

「老大，這樣的話，我們是不是得請倪映月幫我們請碟仙，了解過程，不然現場狀況無法完全掌握。」

沉默了很久，久得貼牆壁一動也不敢動的壁虎差點撐不住地掉下來。

「妳好好地問小蟲追朱予娟失蹤案的進展，老實點，別動請碟仙的念頭，能破案我什麼都信，可我起碼是他媽的要命的刑事局副局長，資歷又深，傳出我請碟仙幫忙破案，丟不起臉，我的包袱是他媽的該死的一世英名。專心，先解開小蟲開槍的事。飛鳥，下毒的王八蛋弄這個密室想幹麼，陷害室內的六個人？挺悶的。」

五號金男第一次參加，其他人對他問碟仙什麼事都記憶模糊，卻異口同聲指出金男說了幾句話惹碟仙起肖地亂竄。

金男說，他問女朋友適不適合他，結果碟仙指羅蟄，他以為女朋友跟羅蟄有一腿，原來是碟仙發狂，到處亂竄。

他二十三歲，快要當醫生，戴近視眼鏡，白白淨淨，看起來稚嫩，頭髮漸少，講話用大量的廢字，標準宅男。他體內的苯乙胺含量不多，恢復得很快。看得出被碟仙嚇到，兩眼眨個不停、結巴、冒汗。不認識羅蟄、不認識倪映月、不認識其他人。

「老大，剩下的就是他、薛男和小蟲了。」

「先排除小蟲，我信得過他。」

「老大主觀辦案，有欠公平。」

「好吧，講不過妳，我，齊富，一生秉持大公無私的信念，揮淚也要斬馬謖。回去問小蟲，叫新北市的幫忙盯住金醫生。姓金？韓國人？」

「韓文裡『金』發音是KIM，泡菜是KIMCHI，姓金的當然是韓國人，老大是這個意思？」

「嘿，原來飛鳥也會講笑話，不容易。嘿嘿，妳的笑話沒事拐了十七、八個彎，我年紀大，不喜歡傷腦筋。」

他們檢視室外，這兩天沒風，院子內的細沙保持原樣，數得出鞋印，金山分局做事謹慎，全走中間的石子路，未踏兩旁的沙子。

鞋印只進不出，只羅蟄的有進有出，依稀辨識得出波浪紋鞋底的警鞋。

「大咪咪開大林肯進來，羅蟄出去替她提東西？」

「倪映月說過，羅蟄說過，幫忙提酒。」

「羅蟄來回的鞋印不能說明什麼了？」

「老大，小蟲學長是嫌犯，你剛說過要揮淚斬馬謖。」

「斬！」

最好辨識的是張小姐的高跟鞋，像驚嘆號。

玻璃門的鋁製門檻沾了紅色液體，沙子上也有兩處拇指大的痕跡。

「紅酒瓶不是打破了，怎麼漏到外面？」

「問過，金山分局說過，他們注意力集中在酒瓶碎片，一時沒留意紙杯，拿出來打翻一個，裡面還有半杯酒，全灑了。老大，他們說沒差，反正瓶內沒驗出苯乙胺，與案情無關。」

「沒差？什麼態度……等等，總共幾個杯子？」

「便利超商買的紙杯，辦趴最好用，免得洗杯子，十個一串。」

「他們六個人喝酒，用掉六個杯子，其他四個？」

「留在現場，金山分局帶回去當證物了。」

齊富朝半空抓把空氣在鼻前聞：

「一點風也沒，這個夏天，熱死老百姓。」

「老大想說什麼？」

「查查昨天晚上吹什麼風，幾級風？到底是海邊，說起風就起風。再請金山分局派人往房子旁邊的草叢找找，一寸一寸地找。」

「找什麼？」

「塑膠袋、盒子、紙袋，能裝粉末的。」

「我懂了。」

「就說嘛，我們飛鳥冰雪聰明，不像那個廟裡的木魚，敲才響。」

「老大說小蟲學長？」

「回去看看他，順便敲敲木魚，狠狠地敲。」

4

「姓金的醫學院學生，問碟仙有關女朋友的事，碟子轉到你面前，這時候做電視節目的張小姐、想分遺產的姓薛的吐血在你身上？找老公存摺的單親媽媽昏倒，仙子抖抖她胸口的兩大坨——尖叫地往你身上趴，我說的沒錯。」

「好像是。」

「飛鳥，妳說。」

飛鳥按滑鼠，掀電腦頁面：

「半小時前我再問過當事人和鑑識中心，薛先生、張小姐吐的不是血，紅酒和未消化的食物，鑑識中心驗了好幾次，小蘇確定不是血。單親媽媽酒量不好，受到驚嚇，昏倒，醫生不能回答她是不是中邪。倪小姐頭暈，氣喘不過來，金山分局趕到現場本來誤以為是性趴，她躺在你身上。」

齊富將漢堡往羅蟄面前推，他和飛鳥再折回台北，督察室要他交出羅蟄，齊富更悶，他要飛鳥停在德州漢堡店前：

「我去幫小蟲買個晚飯，小飛鳥要什麼？」

那時飛鳥回答別理我，齊富仍買了兩個，吃了一個。齊富再推了一下剩下的那個漢堡：

「漢堡冷了難吃，小蟲，快吃，補充體力。姓金的最有嫌疑是不是?再想想。」

飛鳥很少真正地、直視地、不帶不屑眼神地看羅蟄：

「學長，其他人說他們沒聽清楚姓金的說的話，只知道姓金的神情激動講了幾句，碟子就亂跑，你呢？」

「霓裳仙子怎麼說？」羅蟄反問。

「倪映月請過很多次碟仙，沒遇過昨晚的情況，嚇呆了。學長，你覺得碟子是在某個人的操縱下移動的？」

齊富拿過漢堡咬了一大口：

「你看看，都涼了。小蟲，飛鳥要問的是，你當過乩童，領養你的神明溫府千歲浩然正氣，替百姓抓鬼，維護地方安寧，你受祂啟發，感覺到什麼鬼啦、靈魂、神仙出現在昨晚的碟仙儀式裡？」

「沒有。」

「上回槍斃死刑犯，你沒看到飄的、閒逛的，確定他靈魂未出竅，沒被打死，後來證實你對。菜刀連續殺人案那樁，你老朝老丙解剖室天花板瞧，老丙說你一定看到飄的、沒腳的，沒錯吧?這次真的什麼也沒看到?啊，你喝太多酒，請神明前不能食葷沾酒，你破戒，得罪了溫府千歲。」

「報告長官，確定沒看到你說的飄的、逛的。如果任何人被陰靈上身，我應該能感應到。當碟子開始動，碟仙來了，我也沒感應到陰靈或神明。懷疑有人控制碟子，老手，控制得其他人覺得是股無形的力量推動碟子。」

「誰?」

「霓裳仙子，趴是她辦的，請來碟仙的成功機率這麼高，難以相信。」

「陰靈成天沒事幹，在人間晃來晃去就為了等她念咒語，縮起脖子鑽進碟子裡指點眾生？我同意飛鳥，不信這套。」

「老大、小蟲學長，別再討論碟仙了好不好，科學證實碟子會動是因為在場者的意念，大家認為碟子會動，集體感覺會動，下意識地一起移動碟子。」

「嘿飛鳥，哪裡聽來的理論？」

「科學家在網上說的。」

「集體感覺？多好。」齊富摸著下巴裝出若有所思的表情，「發動二千三百萬人一起感覺，把老美的美金移到我們帳戶來。」

飛鳥沒打槍，齊富得罪她到懶得打槍的地步。

「我不該喝酒，老大，想起來了，霓裳仙子沒準備水，只有酒，大家口乾舌燥，即使對酒過敏，也不能不喝。」

「怎麼愈聽，大咪咪愈像下毒者？」

「可是她也中毒，我和她根本不認識，沒陷害我的理由。」

「倪映月涉有重嫌，」飛鳥敲著鍵盤，「下毒設計刑事局羅蟄警官。新問題，為什麼陷害小蟲學長，刑事局齊副局長一再啟發同事，刑案不外乎錢、性、仇，小蟲學長沒錢沒性，剩下仇。」

「小蟲，真不認得大咪咪，對她沒意思？」

「不認得，沒意思。」

「事情瞞不了多久，上了新聞，等於大咪咪砸了自己通靈的招牌，單純為了害小蟲當不成警察？說不通。」

「姓薛的。」羅蟄說。

齊富嚥下一大口漢堡，平順地嚥下，再等他喝口可樂，平順地吞進嘴再嚥下肚子，免得噎到。

「說啊。」

「他車上有毒，血管裡有毒。當偵探掉進複雜的刑案，必須提醒自己跳出來，最有力的線索經常最接近眼睛。」

「誰說的？」

「長官，你。」

齊富握著可樂杯，飛鳥握住滑鼠，兩人瞪大眼看羅蟄。

「我演講說的？演講的別當真，騙演講費，隨便找幾句唬人的名言。我另外一句名言，刑警有機會就吃飽，說不定一下子命案發生，沒空吃飯——」

沒人理長官。

「學長，你開槍打的是薛男，除非有絕對證據，否則不要信口指證他。」

「說也奇怪，碟子轉到我面前，上面畫的紅色箭頭指我，後來碟子一直轉，筆直往天花板飛。」

「依舊沒感應碟仙在現場？」

「沒。」

「下藥的嫌疑犯是姓薛的？」

「不確定。」

「再想，想不出來不准吃飯。」齊富吞下最後一口漢堡。

三人頹喪地圍著桌子，嫌疑犯在六個人當中，六個人都喝酒中毒。

齊富拍羅蟄後腦：

「木魚，你說說。」

羅蟄歪斜兩眼的伸手揉後腦：

「我怎麼又是木魚。朱予娟無意間查到什麼，這個人死了，淡水分局說她做事積極，以飛鳥為偶像，找到這個死掉的人可能賺到大功一支，聽說霓裳仙子請的碟仙很靈，顧不了警察身分，想請碟仙找死掉的這人，至於問到什麼，我本來打算請完碟仙問仙子，沒想到——」

「我以前演講說過什麼？」

「最有力的線索最接近眼睛。」

「屁，我說的是兇手一定在現場。」齊富搖可樂杯裡的冰塊，搖得嘩嘩響。「再簡單不過的道理，兇手不在現場他怎麼殺人，殺手是六個人之一，如果你不是兇手，剩下五個嫌疑犯——等等。」

「老大有主意了對不對？」飛鳥瞭。

「陷害小蟲的王八蛋欺負我老骨董，弄個福爾摩斯的密室向堂堂刑事局挑戰，先破密室就知道是誰了。」

「金田一耕助上身。」羅蟄碎碎念。

「誰是金田什麼的？」

「日本偵探。」

「死了？不然上什麼身？」

「沒死。老大，小蟲吃你豆腐，金田一耕助是小說裡虛構的偵探，日本三大偵探之一，作者靠他賺錢，作者死了，他還沒機會死。」

齊富沒回答，他的心思在手機，有人傳訊息來。

「好了，我破了王八蛋的密室。」

他收起手機認真地看兩名徒弟。

「下毒的嫌犯參加昨晚的碟仙趴，紅酒由多管閒事想把老妹的羅蟄幫大咪咪提進屋的，對不對。」

羅蟄點頭。

「酒是大咪咪開的，她愛喝酒、常喝酒，把鑽子往瓶塞一鑽，叭一聲，拔出瓶塞，交給誰倒酒？」

「我們各倒自己的，第一個接酒瓶的是張小姐，她倒完傳給旁邊的單親媽媽，再傳給我——」

「杯子呢？」

「倪映月帶來的紙杯，放在後面廚房的檯子。啊，是金同學去拿紙杯。」

「紙杯一個個分開，還是一串。」

「一串啊，一個疊一個。」

「張小姐怎麼倒酒？」

「金同學分杯子，她倒酒進金同學握的杯子，倒完把酒瓶傳給那個媽媽，兩手從長串紙杯抽出最上面那個倒了酒的。」

「很好，破案。摻毒的、誘使笨刑警開槍的是姓金的，金鎮國同學，不是姓薛的倒楣鬼。」

「為什麼是他？我不認識任何一個姓金的。」

「苯乙胺不在酒瓶內，在杯子裡。王八蛋姓金的小雜碎去拿紙杯，背對你們，掏出塑膠袋把藥灑進杯子。紙杯白的，藥粉白的。上面六個紙杯裝了藥粉，再疊回去。他怎麼拿杯子，一手三個還是一手一個分三次拿？」

「紙杯還疊在塑膠袋裡，他一手握長串紙杯的塑膠包裝讓張小姐倒酒進去，倒完，張小姐拿起最上面倒了酒的紙杯。」

「他拿裝了藥的紙杯，杯子舉在張小姐下巴的位置，她看不到杯底的藥。」

羅蟄打了右頰一掌。

「對，我們自己倒酒，可是杯子由他拿著。」

「老大的意思是密室不是密室，凶手根本在室內。不行啊，金山分局沒從金同學身上搜出裝毒品的袋子——等等，明白了。」

「飛鳥明白了，木魚咧？好吧，我說說密室的祕密。」

金鎮國倒迷幻藥粉進每個杯子，包括他的，分給其他五人，酒倒進杯內，把磨成粉的迷幻藥喝進胃部。最後一個杯子留給自己，加的藥最少。沒多久酒性與毒性一起發作，桌面碟子的移動就由他擺布，其他人受藥物影響，誤以為碟仙來了。

槍聲響起，眾人或受制於藥物，或受酒精影響，室內的光源僅三隻蠟燭，金男趁隙開門出去，穿羅蟄的鞋，踩羅蟄留在沙上的腳印，走幾步，將裝藥粉的小塑膠袋朝空中一扔，隨風飄逝，再踩原先羅蟄進室內的腳印返回，關門，拉上插梢，往地上一倒。

當警察趕到，六個人無人離開，門窗反鎖，每個人身上都沒有毒品。

當醫院檢驗每個人血液，也從他身上驗出毒品反應，變成受害人，因為分量少，清醒得快，不久離開金山分局說要回學校，有學生證，長得老實相，分局沒理由攔阻。

「金山分局找到裝藥粉的袋子沒？」飛鳥急著問。

「找到了，飄進東側的林子裡，不是袋子，是紙包，正由鑑識中心驗裡面的毒品反應和紙上的指紋。」

「酒瓶上也有姓金的指紋。」羅蟄尚未跟上齊富的腳步。

「紙杯有金鎮國的指紋，他摻藥粉進杯子留下的，六個紙杯都有。小蟲，回去連續洗三天冷水澡，快快清醒。酒瓶上的指紋沒有用，六個人先後拿過，指紋全在上面，六個紙杯各有你們的指紋和他的指紋，說明他是唯一一人碰過六個紙杯的。不能當成給檢察官的證據，但可以幫我們確定下藥的嫌疑犯金鎮國，能把金鎮國送進法院的，是包裝藥粉的袋子。」

齊富的手機再顫動。

「驗出指紋了？」仍是飛鳥急著問。

「媽的，金山分局把六個喝過酒的紙杯送來鑑識中心，小蘇驗出每個紙杯都有同一人的指紋，王八蛋的。紙包內驗出苯乙胺之外，還驗出什麼ＡＢＣＤ，總之，迷幻藥加上安眠藥，難怪你們又迷幻又愛睏。毒品紙包上面的指紋也是金鎮國的。紙杯的指紋不能定他的罪，包裝紙上的指紋就是偷蜂蜜掉進蜂蜜筒的瑜伽熊，賴不掉。」

「比對得出確是金鎮國的指紋嗎？」

「大數據庫還沒比對出來，恐怕沒有金鎮國指紋的檔案。」

「靠！」照樣是飛鳥。

「他不在乎留下指紋，酒瓶、紙杯、毒品紙包、廚房、沙發、破的碟子。他有信心我們沒他的指紋檔案。死王八蛋。」

「金鎮國呀，他摸過六個紙杯。」

「金山分局沒留下密室裡六個人的指紋，說不是什麼了不起的刑案。」

「老大，本來只是陷害小蟲開槍的毒品案，你辛苦破了密室，還是只能辦他毒品案。」飛鳥小聲地說。

「等等。」

小蘇敲門探頭進來，警政署來電話，齊富臭著臉出去。

留下羅蟄與飛鳥面對面，之前各辦各的案子，他們好幾個月沒說話。

「還住在以前的警察宿舍？」說不定羅蟄覺得他是男生是學長，有先開口的義務。

「搬了，老大幫我找了新住處，汐止的大樓。」

「汐止進市區，上下班的交通很塞。」

「我騎重機，十五分鐘到刑事局。學長，不用沒話找話的哈啦。」

兩人不說話，飛鳥看電腦，羅蟄看手機，二十多分鐘後齊富掛著老婆要他回家途中彎去南門市場買兩斤臘腸的表情進來。

「小蟲，提出你的休假計畫。」

「什麼休假計畫？」

飛鳥替齊富解釋：

「請假單。」

「為什麼我要填請假單？」

飛鳥再替齊富解釋：

「上面要你停職接受督察室調查。」

「停職多久？」

這次齊富不需要飛鳥翻譯：

「使用警槍誤傷老百姓，停職到督察室完成調查，說不定檢察官以業務過失傷害起訴你，那他媽停職到地老天荒。」

羅蟄似乎已有心理準備，語氣平靜：

「朱予娟怎麼辦？」

「你追到哪裡？」

「找到朱予娟最近交的男朋友，淡水的房仲——」

「請來比對指紋。」飛鳥這天很焦躁。

「男友畢業於北藝大，學油畫的，進研究所，還沒當成畫家，當房仲賺生活費。那天晚上他沒約朱予娟，下班直接回五股住處休息，住處的管理員證實他八點半回去，第二天早上八點出門。」

「兩人關係怎麼樣？」

「他說認識兩個月，約會三次，沒上過床，沒壁咚過。」

「沒避冬？去墾丁避冷？這裡是亞熱帶的台灣！」

「意思是，還沒發展到接吻的程度。」

「約會三次沒啵到小馬子？不像現在的年輕人，他說謊。不過他有不在場證明，暫時排除嫌疑，其他的呢？不會有人沒事綁架朱予娟。」

「老大，和朱予娟手上一件案子有關。不很直接，可是很怪。」

齊富伸手攔住羅蟄的話：

「即刻起你去天涯海角避暑，停職接受調查，朱予娟的案子交給飛鳥。小蟲，不是我翻臉不認人，你曉得我的規矩，停職的人不宜發表對刑案的看法，該怎麼辦就怎麼辦。停職期間不得離開市區，隨身攜帶手機等督察室通知。」

「和防疫規定一樣？隔離十四天，哪裡也不准去，各地衛生局隨時打電話查詢。里長送三餐、水果免費。萬一私下出門買雞排，罰二十萬元。」

「終於醒了。」齊富嘆口氣。

「小蟲學長，沒人送你三餐，吃自己。」

「叫你結婚不聽，沒人送飯吧。」

說著，齊富推門出去，嘴裡念著：

「媽的，小蟲即時起停職，他說的統統不准列入記錄。飛鳥，妳是他朋友，聊聊天不算違規，聊完把他踢出刑事局去休假！」

飛鳥推門進刑事局對面巷子的小咖啡館木門。

「學長，我請客，不准搶買單。」

羅蟄未置可否，他仍處於lag狀態，腦子裡有個東西卡住管線，想到的不是殘影就是停滯畫面。依飛鳥的選擇坐在窗旁，想到朱予娟，卡住；想到碟仙，卡住。飛鳥端咖啡來，雖然從偵訊室換到咖啡館，飛鳥不改偵訊口吻：

「學長，你有話要說。說。」

「卡在那裡。朱予娟這個月值夜班，每晚巡查淡水老街的中正路和河邊的環河路，巡邏班表貼在分局，不是祕密。不尋常的是馬偕銅像周圍未設置巡邏箱，她不用刻意走到那裡開巡邏箱簽姓名和時間。我想，熟人引她走過去。」

「和金鎮國案有關係？」

「碟子亂轉，屋內很多聲音，其中一個聲音說『你找不到朱予娟』。」

「誰問的？問誰？」

「卡住。我不確定開口問碟仙了沒，現場還有誰會問朱予娟的事？」

羅蟄和飛鳥都沒開口，他們知道，金鎮國和朱予娟的失蹤有關，而且金鎮國是假名。

「我幫你通大腦的血管，有人發現你查朱予娟失蹤案，跟蹤你，知道你參加碟仙趴，刻意帶藥去。」

「為什麼？」

「玩你。我剛才叩倪映月，你開槍打傷小白痴的新聞很大，媒體高興得快頒獎給你，她上談話性節目聊那天晚上的過程。」

「噢。」

「她說報名參加的五個人，那位媽媽、做電視節目的小公主早是她的臉友，姓薛的上個月問過她兩次什麼時候請碟仙，預約參加，唯你和金鎮國是新參的，不過你的假帳號名字出現在倪映月臉書的朋友欄內。」

飛鳥低頭看手機，再將手機交給羅蟄，密室裡的金鎮國使用別人的學生證，真的金鎮國照片傳來，不是羅蟄見過的B男。他到醫院、接受警方偵訊，稱未帶身分證與健保卡，只有學生證，因為無人死亡，犯錯的是刑警羅蟄，警方沒拘留任何人，假金鎮國便消失，留下的是醫院掛號單上的假地址、假電話號碼、假名字。

沒留下指紋。填掛號單用他自己的筆。

「是他。」羅蟄激動地捶自己的頭，「我知道第七個人是誰了。」

「鬼？碟仙？」

「不是，金鎮國的雨衣掛在沙發背上，他坐下壓住大半。騎機車穿的雨衣。那天沒下雨，三十八度高溫，他帶雨衣進屋，沒道理。」

「學長講清楚點。」

「我看到第七個人影是雨衣，他趁大家體內的藥物發作，注意力不集中，把雨衣朝上扔，碟子動了，那位媽媽找的存摺由碟仙解答，一下子我以為室內真有陰靈，專心地找碟仙，喝酒頭昏，兩個人往我身上吐血，雨衣飄在陰暗的屋裡，看上去像人影。找金山分局查雨衣，上面一定有彈孔。」

「他故意製造第七個人，學長，他玩你，衝你來的。」

5

那個人是媒體上吹嘘多玄的乩童刑警，乩童又怎樣，照樣嚇得銼賽銼尿，抛出雨衣原來只想製造氣氛，沒想到他開槍，算唬爛富三代好命，可惜沒打死。

警察問問話就放人走，沒死人，不是大案子，他們已經抓到開槍傷人的凶手。笨蛋警察，都去吃大便。

女警察愛管閒事，一個人不見就不見，追出來有獎金嗎？靈靈每天罵，「想害死我，趕快處理」。由她罵，得再玩玩，以前殺人就殺人，沒機會好好認識要殺的人，朱予娟很不錯ㄋㄟ。

媒體叫乩童刑警小蟲，小蚯蚓比較對。

警察接下來怎麼辦？不管怎樣小蚯蚓開槍打傷愛炫跑車的白目，他們一定急著找藉口、找代罪羔羊。他們查現場，雨衣是新的，剛拆封，沒有頭髮、指紋。酒瓶和酒杯是證物，大家都碰過，指紋很多，可是從沒辦過護照，身分證沒換過——想想看，每搬一處地方都清理乾淨，而且一搬走馬上其他房客住進去，就算不小心留下痕跡也消失了。

端咖啡來的女警察是傳說中的飛鳥吧，長得很辣，和朱予娟不一樣，朱予娟可愛，這個一臉殺氣，不知道剝開她制服，會不會兩手護著胸部尖叫？

想聽她的尖叫。

他站在咖啡館對面的店前，假裝看櫥窗內的擺設品，小蚯蚓和飛鳥的影子映在櫥窗玻璃上。玩過小蚯蚓，接下來要不要玩玩飛鳥，她的奶子比朱予娟的大，感覺會更強。他伸手進褲子口袋喬喬老二的位置。

硬了。決定玩飛鳥一下，不能讓靈靈曉得。上次經過陽明山，高爾夫球場旁邊的社區新蓋的透天幾乎全空的，這幾天去看看，找一間給飛鳥用。

小蚯蚓講得很興奮，想到什麼嗎？網路上剛貼的新消息，哈，被停職。讚，專心對付飛鳥。

朱予娟呢？解決掉好了，免得靈靈一直念。

朱予娟，分屍，她的骨頭細小，試試電鋸。再砌一堵牆，塞在兩堵牆中間，有點麻煩，沒關係，練習糊水泥，以前打工學過，買磚塊、水泥。

得賺點錢了，換個新地方。這次找獨棟的，老公寓的老人太多，一天到晚救護車的警笛聲吵人睡覺。

◇ ◇ ◇

接過幾次委託案之後，他幾乎猜得出誰透過三重的菜頭找上他。凶手與被害人之間有條看不見的線牽著，逃得過司法，逃不過他的眼睛。

「這次三十萬，其他的我處理。」

菜頭主動提高待遇，至於「其他的」，菜頭清楚他絕不與人合作的原則，連見面也免談。

計畫一個星期前由他擬定，目標老人習慣每天上午十一點駛他的電動車以十五至二十公里的時速穿過馬路進入對面的小鎮，走一小段約五十公尺的省道，右轉進市場，吃了幾十年的蚵仔麵線帶給他出門走走的動力。

人不能老，成天活動於同樣的動線，做同樣的事，比螞蟻還不如。這樣活著有意思嗎？

電動車停在一樓門外，一般老人用的，不過這個品牌比較貴，將近十萬元。本來電動車指的是老人用的、打高爾夫用的車子，當汽車也開始電動，老人的便被稱為代步車，一下子價值感低落許多。剪斷剎車線，當老人停不住車子，自然而然地驚慌，車子原本窄小，重心稍微偏動很容易傾倒，這時「其他的」車輛駕駛剎車不及撞上，吃——的刺耳剎車聲音裡，老人就回天乏術了。最好砂石車，乾脆。

菜頭誇計畫好，由他去找「其他的」。

老人因代步車失去重心而摔至路中央，被汽車撞死。過失致人於死，有期徒刑五年以下，拘役或五十萬以下罰金。由頭腦清楚的律師代理打官司，可能連坐牢也免，以「或五十萬以下的罰金」敲槌定罪。菜頭說律師費、罰金、「其他的」酬勞，加起來要五十萬，他賺的很少。

騙肖，菜頭接這筆生意絕對一百萬以上，有錢人比窮人多，不然蓋那麼多豪宅誰買！花幾百萬殺人，換幾千萬幾億的遺產，便宜啦。

老人住在屋齡五十年的舊厝，三層透天，外牆重修過，二樓的水泥牆雕花般刻畫兩邊波浪拱出中間的長方形水泥匾額：南平陳厝。南平說明住在這棟樓的先人來自福建南平，陳厝既低調又不忘告訴路人，我姓陳。

民國三十三年生，七十六歲，糖尿病，下肢近乎癱瘓，三年前起靠代步車出門，平日永遠夾腳拖和泛黃的白襯衫，誰也想不到有人想殺他。殺機來自他祖傳的一塊地，長期任由卡車載來廢土沙石當垃圾場，連種田的也不肯在那裡多花一分氣力，挖來挖去全是磚頭、水泥塊。興建高鐵一度土地價格大漲，老人不賣；十年前房地產熱到有地即有買主的地步，他不賣。這次疫情令許多台商返台設廠，工廠和辦公大樓數量不足，又來了大批掮客試圖說服老人，依然不賣。

誰也想不通老人為何如此頑固，連兒子也說不通。他三個兒子，老大讀冊，早在美國成家立業，老三當醫生，彰化有名的外科權威。老人和老二一家住在舊厝，二媳婦把他們老倆口從早起顧到消夜，孝順得沒話說。

老二想賣地，偷了老人印章，將土地分批過戶至他名下，必須儘早處理完，免得到時老大、老三回來分家。

不分家的下場，老了死不掉的下場，子女等不及。

他上網搞清代步車的剎車系統，和自行車的同等級，一早假裝散步，利剪一剪，再用透明膠帶黏住，解決剎車。

扮成外地來的單車騎士跟在老人後面，確定一切按照他的計畫進行。老人穩定地以近乎定速的行車速度爬上省道，是時候了，他加快速度，騎至老人車後即按鈴，代步車加快速度並靠邊想讓路，他騎至外側，貼近老人身旁逼了兩次車，果然，老人慌張，大幅度轉動龍頭，一邊的車輪幾乎離地，兩隻帶滿斑點的手頻頻抓剎車，速度不減反而增快。

幫他一下吧。

伸出左腳朝代步車踹了一腳，車子撞上慢車道與快車道的分道石，車子重重向左邊傾倒，老人被甩至車外，來不及伸手呼救，後面的小貨車踩緊急剎車地壓過去。

不是砂石車，不過無所謂。

騎到市場後面的停車場，將自行車扛進後車廂，他開租來的休旅車通過幾個路口上高速公路，休息站上廁所時，菜頭陰陽怪氣的透過手機說一切順利，救護車趕到，老人已斷氣。運氣更好的，菜頭找來負責「其他的」，昨晚喝醉酒，遲到十分鐘，撞老人的是路過車輛，一對木工師傅，歹命地遇上這起意外。

等下去買大樂透，幹，連「其他的」和打官司費用、安家費全省了。

不對，他低聲提醒菜頭，不是「其他的」才麻煩，說不定木工師傅看到他踹了代步車一腳，如果貨車上有行車記錄器，他已經留下殺人證據。

菜頭答應打聽當地分局的處理過程，安慰地說，那種骨董小貨車不會裝行車記錄器啦。

天底下沒有不會的事，一如天底下沒有不可能的事，把拔說過，人要是衰小，走路踩到瀕臨絕跡的台灣黑熊大便，還是熱的。

提早結束老人的生命，他做得心安理得，五十歲以後人的老化加快速度，七十多還有病，他們溫水煮青蛙式地默默承受歲月與病痛帶來的折磨，更悲情的是滿肚子悲痛無人可說。美國兒子在乎自己的兒子，醫生兒子為別人的老爸、兒子開刀，家裡的兒子對印尼籍看護替父親清理紙尿褲毫無憐憫。

辛苦開代步車進市場，以為能遇到老朋友聊幾句，只聽說誰又死了，誰又進醫院，誰又中風。對賣蚵仔麵線的老闆幹譙幾句，抬起頭驚訝地發現，舀麵線的不是他熟識的老闆，對他笑的是不會說台語的外勞。

二十年能使嬰兒成為大人，人生最後的二十年卻倒縮，天天學著和病痛妥協，更難過的莫過於寂寞，老伴中聽，兒子忙，孫子玩電動。你們殭屍啊！

不，在他們眼裡阿公才是殭屍。這樣活，談得上生活？

安樂死的提案每年送進立法院，無論保守、前衛的立委假裝沒看見，不願意面對迫在眼前的現實。

也好，成就了他——處理員的事業。

還了車，騎上他的機車，兜到忠孝東路買蒸餃、鍋貼、綠豆稀飯，靈靈夏天最愛這幾味。

她又沒回來，叛逆該對父母，他是哥哥，憑什麼承受這樣的待遇。

先送蒸餃和稀飯到地下室，她已經不再叫了，學會接受現實了？

◇　◇　◇

朱予娟不是接受現實，她省下叫的氣力，接下來是她和那個男人之間的耐力比賽，她等待機會。

原來男人的年紀不大，只是太早禿頭，像小老頭，弓著背提紙盒裝的食物進來，今天的晚餐是蒸餃和稀飯。

男人從不開口說話，放進食物，收走前一餐的殘餘物。他嫌室內的氣味不好，拿起水龍頭把地面沖洗一遍。

說不定他不是綁架她的人，是綁匪請來看管她的，不然為什麼從來不把她當存在的人？

「我是警察。」她再次說。「能放我走嗎？」

男人沒回答。

「不然幫我報警。」她儘量溫和地請求。「警察局一定公布了協助破案的獎金。」

男人沒回答。

「我姓朱，淡水分局的員警，你去過淡水吧？」她試著從聊天開始。「分局在老街裡面，我住新市鎮。」

他抬起臉正眼看過來，不會吧，還是個男孩，可是眼神閃著說不出的、令人不舒服的邪惡笑容。

男孩拿水龍頭沖她，水柱不強，可是地下室的溫度低，朱予娟被沖得不由自主地打顫。

◇　◇　◇

「靈靈，妳最愛的蒸餃、鍋貼在桌上。」

沒人回答。

「綠豆稀飯要加糖嗎？」

沒人回答。

「蒸餃是花素的，不是豬肉的。」

她開門氣吼吼地走出來。

「你到底關她到哪一天，她是警察，萬一身上有追蹤器什麼的。」

「搜過身，所有東西裝垃圾袋丟進垃圾車了。」

「喂，她是人，活生生的人，不怕她把自己臭死在地下室！我已經聞到氣味，她洗澡換衣服嗎？」

「我沖洗過。」

「不要再給我找麻煩，不要再去跟蹤警察，會被你害死。」

「我怕警察追到我們。」

「再說一遍，我受夠了。受夠你，受夠你做的每件事。」

「沒關係。冰箱裡有可樂。妳的零用錢在門口把拔的杯子裡。」

「不要又擺施恩的臉孔，你不是把拔，你是噁爛的討厭鬼。」

「大家都在報復性旅遊，要不要回山上走走，也該回去看看，好久沒看外婆，她不喜歡把拔，可是喜歡妳。」

「要去你自己去。」

門又甩上。

他沒收拾桌上的食物，靈靈餓了會出來吃，她抵擋不了蒸餃的誘惑。他們都抵擋不了，從小把拔教他們包水餃，煮的、煎的、蒸的，有次過年，他包豆沙餡的餃子，大火蒸得豆沙甜味飄滿屋子，可惜沒有餐廳做豆沙蒸餃了。

思考怎麼處理女警察，再關下去，靈靈更不高興，而且得空出時間玩玩飛鳥，他沒有時間應付兩個女人。

處理方法很多，五年前一起綁架強暴案曾引起社會關注，受害人被拋棄在台北港附近的工地，神智不清，但保住性命。迄今未破案。

他姦了朱予娟，殺了她往開發整地中的工地裡丟，警方必然以為當年的強暴犯忍不住地再犯案，會往過去追查。

二〇一八年的分屍案可以參考，凶手約網上認識的女人去華山文創園區見面，把女人灌醉後性侵再勒斃，屍體剁成十三塊，凶手留下一邊的乳頭與外陰部當紀念，其他的以垃圾袋裝成七袋，載到陽明山國家公園沿路拋棄。

去年台南發生類似的案子，小十二歲的男朋友殺掉四十二歲的同居女友，肢解成七塊丟進草叢，第二天被發現。

凶手太笨，丟進垃圾車最好。垃圾車直接開到焚燒廠，往焚化爐內倒，燒得塑膠與人骨黏在一起。丟廚餘桶也可以，比較花時間，肉、骨剁碎和剩飯剩菜混在一起，跑幾個地方倒進不同的垃圾車，八百年也找不到屍體。

不能上女警察，靈靈討厭噁心的事。朱予娟長得可愛，身材還可以，但不是他的菜，再說硬上容易留下ＤＮＡ。

打手槍強過隨便和女人上床。

量過地下室的尺寸，明天去買磚塊和水泥，在女警察面前砌牆，牆愈接近屋頂她的命愈接近句點，喜歡這種感覺。

誰也找不到朱予娟，讓那個乩童警察去吃大便。

6

「朱予娟最近查什麼案子？」

「管區內某一戶搬家，她設法查搬去哪裡，可能因此惹來麻煩。」

「學長，這就是你的調查成績？太扯了。」

「她找到對方的下落，出事的前一天。」

咖啡涼了，羅蟄起身到咖啡檯加滿杯子。飛鳥的杯子空了，但她要加會自己去加，她不喜歡別人管她的杯子和案子。

「你去休假，我手上一宗水泥分屍案，再有朱予娟失蹤案，很忙，沒空管你的案子。學長，你一定還查到別的，不然不會帶槍去碟仙趴。」

「上面叫我休假，沒規定我休假不能查案，有新線索傳你手機。」

「停職期間你不是刑警，督察室已經看你很不順眼。逞什麼英雄？」

「朱予娟是警察。」

飛鳥停止說話，羅蟄居然伸手握住她擺在桌面上的手，不是性騷擾式輕輕地撫摸，不是握手那樣的握，用力的，想傳達某種決心的、整個手掌包住她手掌與咖啡杯的握。

銀行通知分局，分局長交代朱予娟去找人。

三個多月前美國匯來一筆錢，金額不是很大，一萬美元，收款人為何金生，銀行去電話請何先生來辦手續，外國匯款至台灣的銀行，需要簽署轉成台幣的同意書，銀行按政府規定得詢問錢的來源。台灣對外匯的管制從未鬆過，怕炒股、炒匯、怕洗錢，不論台積電在世界的重要性多大，台灣畢竟仍小到禁不起即使很小很小的金融波動。

銀行本來以為何金生是長年不使用的漸凍帳戶，收到美國律師來信，何金生大姐病逝，留下遺產裡一萬美元是給弟弟的。這下子銀行還不好退回去，從頭再查。

何金生的帳戶兩年前偶爾仍有進出帳記錄，雖然金額不是很大。何金生的市話已停話，手機無人接聽，傳電子郵件去無人回應，請淡水分行的同事去登記的地址問問，問出何金生只住一年即搬走，房東說他對何金生沒印象，

銀行經理和分局局長從小一起長大，一通電話便成為朱予娟的任務。

「找找看這個人。」長官將戶政事務所的戶口謄本交給朱予娟，「很近，五十七巷。他可能不知道美國的大姐病逝，女生去講，好一點。」

台灣不大，戶口制度、健保體系，加上現在的口罩實名制，照理說控制人口的移動比起其他國家要容易多了，可是何金生就這麼失蹤。

打開電腦裡朱予娟的工作日誌，她大部分的時間花在尋找走失的老人，並細心地畫出十一名老人的流蕩路線。

流蕩這個名稱取得好，老人並非流浪，並非離家出走，他們只是找不到回家的路，有的一時找不到，有的忘記要找，他們流蕩，不是遊蕩，不遊；不是放蕩，他們漫無目的蕩在路上而已。

其中的周姓老太太，九十二歲，住在中正路五十一巷，畫出的第一條線是穿過沙崙至漁人碼頭，旁邊朱予娟註明：「兒時的家」。

周老太太不自覺地走回兒時的家，那裡已改建成大樓，保全對她解釋了三分鐘即喪失耐心地報警。

第二條則是中山路的菜市場，最後停在淡水清水巖祖師廟，說明為：「過去四十年上香處」。

第三條終點是北勢子，她最小的女兒葬在新北市的公墓內。

無意識，或者下意識的她離開家後，徹底忘記買菜，反而搭上公車去北勢子。公車司機說老太太並無異狀，和經常搭乘這班車進淡水市區的老人一樣，刷卡上車即坐下，到目的地便下車。報警的是公墓管理員，他說老太太坐在納骨塔的台階吃橘子。那是冬天，淡水的濕氣重，飄小雨，她沒帶傘。

朱予娟預料老人以後還會流蕩，留下詳細的資料，一旦家人報警，她往這幾個地方打電話查詢，說不定十分鐘內找回人。

除了十一條老人的路線，新增的路線畫到北投，說明：

「何金生攜子女於深夜搬離。」

羅蟄從分局電腦內找出日誌，看到地圖頗為納悶，誰會綁架這樣的女警，她沒辦過刑案，沒參與過保安警察的社會秩序維護行動，她找人，大多找走失的老人而已。羅蟄對飛鳥說：

「我查到北投，何金生只住九個月。房東太太說是另一房客通知她的，因為門沒關。她趕去一看，大門沒關，屋內沒人，收拾得乾乾淨淨，不留任何物品，連垃圾也清走。押金兩個月，怕被房客告進法院，房東太太忍著房子空兩個月，才敢再租出去。」

「房東沒報警？」

「收拾得乾淨，又沒破壞什麼，房東不想請警察來檢查他房子的消防安全。」

「房客是何金生？」

「何金生，這是他的身分證影本。」羅蟄划動手機內的照片檔，「房東太太給的，租的時候影印身分證和合約釘在一起。」

「你接著往哪裡查？」

「帶一子一女，不太可能搬進房租真高貴的台北市，我先查淡水、北投之間的地區，關渡、竹圍、唭哩岸、奇岩、復興崗，房仲、派出所都問了。」

「向健保署查過？」

「查了，過去九年何金生準時繳交健保費，從來不看病，疫情二月開始，不是大家買不到口罩，健保署用記名制配給的？他一個也沒領過。」

「說不定他兒子領。他兒子幾歲了？二十一歲，奇怪，兒子沒有健保？」

「朱予娟說不定也查到，她掉進這個案子，遇到什麼令她沒辦法突破的瓶頸，聽了露露的話去求碟仙開釋。」

「學長就去參加倪映月的活動。」

羅蟄沒回答，他交了休假單，理應即時起生效地回家睡三十六小時補眠，但他仍坐在距離刑事局五十公尺的咖啡館內。很疲倦，很飢餓，很想揍人。他不能揍對面的學妹飛鳥。

「休假去哪裡玩？」

「督察室通知，不能離開台北。看電影唄，趁疫情電影院裡空空的，有什麼看什麼。妳看不看電影？」

「很少，頂多上網看。」

「進電影院的感覺不一樣，我喜歡國賓長春，看完吃富霸王的豬腳飯。」

「學長約我？」

「不，妳勉強地和我哈啦天氣好，我只好陪妳空你奇哇。」

飛鳥換了眼神，夾著點好奇，不過溫度依然很低。

「你被停職，我手上的案子太多，真忙不過來。」

「不像飛鳥說的話，妳三頭六臂。如果需要，推薦預防科的阿財，別看他胖胖的，高中練橄欖球，逮捕人犯有一套。」

「我沒資格挑搭檔，齊長官會分配。」

「真的不看電影？」羅蟄將手機送到她面前，「動畫片《東京教父》，導演今敏以前是大友克洋的助理，呃，大友克洋就是畫《阿基拉》的那個——不是酷斯拉，阿基拉。」

「空你奇哇。」飛鳥回答，「我不信你真會休假。」

「好吧，既然妳拆穿我。飛鳥，我十七歲以前是乩童，後來的事妳知道，溫府千歲照顧我，北門是小地方，都認得我，一時得意，忘記我弟羅雨，他還小，以為扮演乩童能和我同一國，在廟裡跳呀叫的，招來陰靈上身，花了很大功夫才請走。不是不喜歡當乩童，得付出，我弟的事使我一下子身心俱疲。」

「不要責任，連女朋友也不交。」

「大概吧，想請長官寬容讓我回北門一趟，重新花點時間和溫府千歲相處，搞清自己想什麼。」

飛鳥再換一種眼神，溫度升高，但太荒蕪。

「繼續空你奇哇嘛，繼續唬弄我，學長，你知道何金生下落，想撇開我們追下去，你打算一個人找出朱予娟！」

羅蟄故意突出他上排牙齒：

「被妳看破。」

「把你知道的說出來，停職就停職，別想犯規。」

「妳可以犯規，我不行？」

「說不說？」

「告副局長啊。」

飛鳥在桌面下的腳往前一勾，羅蟄早有準備地將兩腳收進椅子底下。

「我答應跟你去看東京教父。」

「還有豬腳飯。」

「何金生北投的房東就是我手上魚路古道的嚴姓被害人對不對？」

「對。」

「我追查淡水分屍案，發現屍體的巷子很多戶搬走，沒有何金生的名字——」

「何金生是房客，不是屋主，當然沒有他的戶口資料。租六十一巷十七號二樓，九年前搬走，其間推測換過幾個地方，二〇一四年搬到北投。」

「難怪。」

「二〇一五年魚路古道的樹林發現嚴先生屍體，沒有指紋，沒有臉皮。我看了妳手上案子的資料。」

「為什麼不早點告訴我？」

「飛鳥，我剛從迷幻藥裡清醒過來沒多久。」

「你踩了我的線。」

「不小心，追朱予娟，追到消失的何金生，追到北投住處，就碰到妳手裡的魚路古道命案。」

飛鳥盯著手機螢幕，兩眼快速眨了眨：

「暫時不跟你計較。何金生在六十一巷殺人分屍，死者身分不詳，屍塊丟進五十七巷的坑洞，馬上帶兒女搬離，中間住過別的地方，二〇一四年到北投，不知什麼原因，二〇一五年殺死嚴姓房東。

我說的沒錯？」

「問過他住在六十一巷的房東，記得很清楚，想不通何金生為什麼連夜搬走，屋內收拾得沒差點重新粉刷。」

「收拾乾淨是消除他住過的痕跡，不留指紋、皮膚屑、剪下來的指甲。」飛鳥十指飛快地滑行於鍵盤上。

「看起來是這樣。」羅蟄點頭。

「看屁！」她很計較。

「妳說話愈來愈像齊老大，丙法醫會說近朱者赤。」

「分屍的死者一直查不出身分，房東沒說什麼？」

「沒有，說何金生看起來斯文，一兒一女很乖，女兒漂亮。租房子時填寫他的職業是維修電腦，接淡水幾家公司的外包工程，才搬來淡水。」

「當年他兒子十二歲，女兒九歲。」飛鳥仍盯著手機。

「拖著兒女到處搬家，搞不清何金生想什麼。」

「還有什麼沒說的？」

「沒了，飛鳥，我好想睡覺。」

「羅蟄先生，對女同事說這種話，我可以告你性騷擾，告到你牙齒斷掉。」

7

「何金生殺了兩個人，水泥裡挖出的分屍男子、魚路古道的嚴姓房東。」齊富仰起脖子吞老婆要他照三餐吃的酵素。

「可能不止。」

「小蟲人呢？」

「回家睡覺，他要連睡三十六小時。」

「哼哼，想當睡美人？去夢他的大咪咪仙子！何金生帶一子一女到處殺人，每殺一個馬上換地方？證據？」

「松山慈佑宮的平安符。第一具水泥屍體，第二具北投房東的屍體，另外，小蟲學長在何金生北投住處也找到。」

解剖室的不鏽鋼台上躺著一具老人屍體，雖經過清洗，胸部仍慘不忍睹。

「何金生不是搬走四、五年了？」

「小蟲在廚房門後面看到，後續的房客覺得有平安符不錯吧，沒清理掉。」

「他看了妳手上的分屍案報告，對平安符特別敏感？飛鳥，台灣人哪家沒平安符，我老婆到京都帶十一個什麼行車安全的平安符回來當手信，老天，日本的狐狸神仙翻山越海保佑台灣人？我說她頭腦壞了，沒有偵訊，沒有審判，我被判一個星期沒飯吃。」

「同樣是松山慈佑宮的。」

「呃，北投沒有媽祖廟？」

「北投有慈后宮，關渡有關渡宮。」

「看來要不是松山慈佑宮的平安符紅遍台灣，人人一枚，就是是凶手刻意留下的明確記號。為什麼殺人要留下記號，孫悟空在佛祖手掌心撒泡尿，表示俺齊天大聖到此一遊？」

「按照美國ＦＢＩ的說法，滿足感。殺人卻沒人知道是他幹的，他得不到滿足。」

「瞭，飛鳥，人活著就為名與利，古語不是說錦衣夜行如同——如同打麻將自摸不算錢。人生苦短，不能這樣靜悄悄地賺大錢，住國宅、開二手TOYOTA。」

敲門聲，先伸進來小蘇的臉，再增加阿財的臉。小蘇看了屍體一眼：

「飛鳥，這位是預防科的阿財哥，他手上一宗發生在彰化的車禍，有點邪門，老大指示我們來報告。」

「阿財哥好。」

「小飛鳥，啾啾。欸，報告老大，阿財報到，聽說丙法醫愛吃甜的，」他舉起手中紙袋，「沙其瑪，丙法醫會感激到流淚。囝仔仙不在？真的被休假囉？」

齊富摟住阿財肩膀，用力將他按進椅子內。

「阿財，別急。你淡水熟？」

「啊我淡水人，老家在新建成餅店隔壁。」

「新建成，賣沙其瑪這家？很好，丙法醫以後把你當恩人，天天燒香祝你老婆早生貴子。」

「不能再生啦，」阿財哇啦啦地喊，「已經兩個兒子，下班回家像上戰場。」

「沙其瑪在哪裡？」丙法醫捧著茶杯進來。

彰化縣省道的一起車禍，開小貨車的木工師傅輾過一名因代步車剎車失靈而摔落至快車道的老人，當地警方原以過失致死罪送檢察官起訴，兩件證物使刑事局好奇而介入調查。

一件是小貨車上的行車記錄器，畫面不很清楚，出事時一輛自行車從右側與代步車平行，隨即代步車龍頭不穩地撞上分隔快慢車道的水泥磚而傾斜，老人摔出車子，貨車的兩名師傅喊出一串髒話，畫面因車子急轉彎與輾到老人而不穩，模糊中仍可見到自行車未停留地往前離開。

人，天生愛看火燒厝，快車道出車禍，慢車道的騎士看也不看地往前騎，不正常。

小蘇拿出裝證物的塑膠袋，飛鳥尖叫：

「又是平安符，哪裡的？」

小蘇撫平袋子，拇指大的平安符袋子也繡了「松山慈佑宮」。

彰化警局刑事組現場採證時，在代步車前面的籃子內找到這枚符，當時不以為意，以為老人去什麼宮廟請來保庇行車安全的，現場照片拍得仔細，傳進刑事局大數據褲，小蘇覺得眼熟，阿財跑了趟彰化，果然是台北松山慈佑宮的。

「老大叫我去，問了他家人，都不知道老人家到過台北慈佑宮，怪怪欸，附近有彰化南瑤宮、天后宮，啊要不然北港朝天宮也比台北近。他太太和兒子說沒看過這個符。」阿財一臉笑容看著飛鳥說。

「查他最近的行程。」飛鳥對小蘇說。

「說不定朋友、鄰居送的。」阿財持續地笑看飛鳥。

「太歲是本命星，保佑這一年出生的民眾，這是甲申太歲方傑大將車，請問死者是哪一年生的？」飛鳥邊說邊划手機，她沒看阿財的笑容。

「民國三十三年。」小蘇也划手機。

「對，民國三十三年，一九四四，甲申年的守護星君就是方傑大將軍。」

沒人對飛鳥豐富的民間信仰知識感到讚嘆，飛鳥也不在乎有沒有掌聲。

「方傑是十三世紀宋朝的福建同安縣知縣，好官，死後被奉為星君。」

「飛鳥夠用功，現在我們有幾枚平安符了？」

丙法醫伸長脖子看平安符：

「二加一，考我算術啊！」

「飛鳥，妳說說看。」齊富明顯地嫌棄老丙。

「一樣松山慈佑宮的平安符，前兩枚出現在被刻意埋藏的屍體上，淡水和陽明山，這一枚在彰化——」

「我怎麼不曉得每一家都得有慈佑宮的平安符，哪一任總統規定的？」

「等等，」老丙手中的解剖指向屍體的手指，「這位的指紋、臉皮都在，和你們說的前兩具屍體不一樣。」

「除了這三枚平安符，」齊富還是嫌棄老丙，「還有第四枚，飛鳥說。」

「小蟲追查朱予娟失蹤案，查出嫌犯何金生，他原來住在第二具屍體嚴先生出租的公寓，突然搬走，房間內留下這一枚平安符。」

所有人貼近她的手機看。

「哇，四枚。」阿財最捧飛鳥的場。

「何金生做事謹慎，這枚平安符掛在廚房門後，不顯眼，才忘記取走。」

「這枚沒屍體。」老丙堅持有屍體才有案子。

「現在請丙法醫說說這具彰化送來的屍體。」齊富終於對老丙說話了。

老人過去的病歷記載詳細，糖尿病，心臟兩個支架，其他器官尚好，兩腿更無大礙，長期不運動，肌肉萎縮不能不坐代步車。家人說明，老人近十年除了街坊鄰居，幾乎沒有朋友，更別說仇人。彰化的主治醫師與丙法醫通過電話，老人一向愛惜身子，飲食依照醫師的指示，定期至醫院複診，每年做一次健康檢查。今年七十六歲，活到八十歲不成問題。印尼籍看護向阿財說明老人平常的作息，無異狀。

「我看了他的腦子，」老丙的解剖刀漫天飛舞，「血管未堵塞，找不到瘀血的血塊，報上寫他什麼高血壓引發中風那套，胡說八道，他好得很，可能比你們齊大長官還好。」

所有人看正伸手撫摸沙其瑪的齊富，他口氣平靜：

「老丙，請不要把解剖刀對人，我們刑警配槍，而且驚悚的是新的警槍沒有保險，拔出來就能射拿刀威脅警察的刁民。」

主治醫師和丙法醫，一致認為老人不太可能因身體不適導致操作代步車失常而翻覆。

「我們感謝丙法醫精闢和毫無幫助的發言，請丙法醫儘量大口吃沙其瑪，免得他身體比我好。」他轉頭看老丙，「吃死你這個老傢伙。」

丙法醫習慣齊式譏諷式語言，不在乎地已經拿解剖刀拆沙其瑪包裝紙。

「我們手上幾組案子，第一組是淡水分屍案和北投房東嚴先生命案，第二組是淡水分局女警朱予娟失蹤案，第三組，彰化老人遭輾斃案，第四組，小蟲的碟仙誤擊案。一、三組因為平安符，疑似凶手為同一人。朱予娟追查何金生，小蟲接著追，何金生曾租過北投死者嚴先生的房子，住處也留下平安符，一、二、三組產生關聯，與第四組的碟仙案，目前還難下結論，可是小蟲因為朱予娟請過碟仙才去參加，疑似相關。」

「老大，還有——」阿財仍微笑看著飛鳥。

「我幫阿財說，他太忙。」齊富不耐煩了，「四組案子，我們手上還有一名騎自行車的騎士背影，畫面不是很清楚，阿財明天去彰化查，調附近所有監視器的畫面。彰化警方傳來的現場檢視報告，死者代步車的剎車線被剪斷，判斷是造成意外的主因，怎麼剪，用哪種剪刀剪？」

齊富手裡的沙其瑪在阿財笑得快見不到眼睛的眼前搖。

「關鍵之一，下落不明的何金生。飛鳥接手小蟲的案子再查，租房子的流動性大，問問當房仲說不定有什麼。另外最棘手的是請碟仙的醫學院學生金——金什麼？」

「金鎮國，假金鎮國。」

「朱予娟追到何金生的行蹤，不知遇到哪種狀況，參加大咪咪的碟仙趴想得到線索。朱予娟失蹤，小蟲跟著追，也參加碟仙趴，被假金鎮國暗算。何金生和假金鎮國什麼關係？我們有假金鎮國的相片，小蘇，再比對，問大數據，他們花大筆預算，成天喝下午茶、打電動，當心我怒起來裁了他們。漏掉什麼？」

「小蟲說他又問過露露，」飛鳥站起身，她被阿財的笑容盯得坐不住，「我和他喝咖啡聊天聊的，露露說之前有個女生名字的陌生人上她臉書問過同樣的問題，碟仙的事。」

「說。」

「露露的臉書公開，朋友群裡面有朱予娟。」

「妳意思某人見到露露臉書的朋友裡有朱予娟，問露露請碟仙的事，打聽出大咪咪要請碟仙，跟在小蟲後面也報名？很好，小蘇，朝露露的臉書裡挖挖。」

「老大，」阿財舉手，「你漏掉小蟲的專長。」

「小蟲的專長？」

「對啊，碟仙那天晚上最重要的目擊證人是碟仙。」

「你他媽的要我扁你。」

「讓小蟲請碟仙，就破案了。」阿財笑得直抖腳。

齊富抓起一個沙其瑪，

「嘖嘖，口氣接近飛鳥。阿財，你和小蟲的仇結得很深。」

老丙加了一句：

「深不可測。」

8

松山古名錫口，乾隆十八年，一七五三年，四處化緣的行腳僧來到這裡，見四獸山風景秀麗，北邊的基隆河碧藍如帶，乃募款修建錫口媽祖廟，日後改名松山慈佑宮。

出捷運松山站經過饒河街，一段小山坡，路兩旁全是攤販與商店，慈佑宮一年四季信徒如織。疫情期間廟方分出口與入口，入口處得驗額溫與噴酒精洗手，要求香客一定戴口罩，即使如此仍擠滿了人。

一樓大殿供奉的是天上聖母媽祖婆，兩邊是千里眼與順風眼。羅蟄雙手合十，他沒祈求國泰民安、風調雨順，他祈求父母健康。

陪伴媽祖的尚有福德正神、地藏王菩薩，守在殿外的尚有五營將軍與中壇元帥、虎爺。順樓梯到二樓，陌生的斗姥元君和護法左輔右弼大將軍，羅蟄找到他要的，沿大半片牆壁供滿打扮不同的神祇：六十值年太歲星君。

天干與地支的計算，每六十年為一周期，每年由一名太歲值班，保護凡間平安無事。二〇二〇庚子年，爆發新冠肺炎的全球疫情。一百二十年前的庚子年發生義和國之亂與八國聯軍。再一個六十年前，一八四〇年中英打第一次鴉片戰爭。

找到，庚子年值星的是盧祕大將軍，明朝著名的清官，死後家人連辦喪事的錢也湊不出，百姓夾道送行，天降大雨，沒人避雨。

原來六十名太歲是六十則賺人眼淚的故事。

留在北投出租公寓廚房門後吊鉤上的，推算是何金生忘記取走的平安符，繡的是戊申太歲徐浩大將軍。

徐浩唐朝人，擅長書法，古人形容他的草書如發怒的獅子躍起。他被派往河南任官，偵破假造符命欺騙老百姓的案子。一度出任國子祭酒，得罪當時的宦官李輔國，下放到安徽，後來平反，八十歲過世，追贈太子少師。

上一個戊申年是民國五十七年，如今五十二歲，和何金生吻合。

羅蟄撥了手機求證，何金生果然生於五十七年，戊申年。和水泥分屍案屍塊包裝袋內發現的平安符一樣，那麼何金生殺了他同年的人，同學、兄弟？雙胞胎兄弟？

再求證，何金生沒有兄弟，只兩個姐姐，大姐與先生多年前移居美國，二姐在澳洲取得學位，留在當地，不知嫁人沒。

羅蟄想到在警大學到連續殺人犯的成長歷程，水泥分屍案若是何金生第一次殺人，基於個人虛榮，順手以自己的平安符做為殺人的簽名。以後他想出以死者出生那年的值星太歲平安符做簽名，代表他殺人更有計畫性，從殺人過程得到更大的滿足感。

請小蘇查何金生小學、中學乃至於大學的同學錄。

「我休假中，沒事到慈佑宮散心，得到一點靈感，學著當個熱心市民打電話提供警方參考。小蘇，這樣沒違規，ＯＫ吧。」

稍後，羅蟄經丙法醫同意去訪友。進入解剖室站在冰櫃前看著另一枚平安符的照片：甲申太歲方傑大將軍。彰化車禍死亡的老人生於民國三十三年，甲申年。凶手不是隨機殺人，他明確知道要殺的人身世，因此請了平安符置於屍體旁，他以為這樣能得到神明的寬恕。

「阿財送的沙其瑪，自己拿。」

「阿財的，丙法醫不怕他下毒？」

「我泡茶，你坐坐。」

丙法醫泡茶神速，按下煮水器開關，十幾秒後水滾，注入他至少兩天不換茶葉的壺內，喝起來比白開水有點味道，比茶呢，少了茶的味道。

「你看到什麼？」

「看到平安符，這裡的屍體都有平安符。」

「我問你看到飄的、灰灰的沒？」

「看到，丙法醫，你這裡要打掃囉，飄的都是灰。」

「不想說？」

羅蟄看到，他知道溫府千歲未離他而去，至少溫府千歲沒收走賜與他的能力。一道扭曲、灰白、淡得快看不清的影子飄在天花板，不是尋找出路，單純地飄，像不認識解剖室這個新環境、像不知該往哪裡去。

「本來想請尊菩薩、鍾馗什麼的在解剖室裡拜，後來聽你的，人死了，多徬徨啊，我去弄尊神像嚇他們是幹麼?沒意思。」

「沙其瑪不錯吃耶，阿財對司法界終於有了貢獻。請地藏王菩薩可以，安定活人和死人的情緒。」

「躺在裡面彰化老先生死得冤，代步車的剎車線被人剪斷。」

「丙法醫，我休假中，不談公事。」

「你談，你給我好好地談。」

「今年熱得要命，前幾天晚上我看見一條蛇昂著頭過馬路，大概被熱的。」

「小蟲，別轉移話題。」

「後面跟一隻花貓，沒看過蛇，興奮地一直跳，從蛇左邊跳到右邊，從右邊跳到左邊，都市裡的貓一定沒見過蛇。」

「到底想說什麼？」

「萬一蛇被惹火了，咬貓一口就——」

「好奇殺死貓。」

「丙叔，能不能至少朋友來，換新的茶葉？」

「看看，這幾年走桃花運的乩童刑警多挑，有本事去追飛鳥！」

「好奇殺死男人。」

丙法醫笑得茶水濺得到一身。

「啊，小蟲長大了。說，看出什麼苗頭？」

「彰化這位老人家可能被騎自行車的故意逼得跌到快車道，撞他的司機倒楣。飛鳥他們追自行車騎士下落。丙叔，誰沒事害老人摔車？」
「看我們老頭子不順眼的——」
「年輕人。」羅蟄接上話。「年輕人為什麼害老人？」
「不是說看不順眼嗎？」
「看不順眼不會殺人，為了遺產才可能殺人。」
「欸，小蟲說到重點，反應比老齊快，他吃了兩個沙其瑪才想通，叫阿財查老人死後的遺產怎麼分。不再吃一個？吃完了叫阿財再買。」
「忽然想到該去醫院一趟，下次帶紅豆麵包孝敬丙叔，八德路耶里的？」
「當然。」

四十五分鐘後，羅蟄站在七一五病房空著的二號病床，一號老人牽著看起來四十多歲女兒的手，無聲地淌下眼淚，他看到整個經過。

院方對出事當晚心電圖警示器的電源被剪斷很不安，死者家屬財大勢大，官司打不完。意外地，竟未對醫院看護不周表達不滿。院方不願消息外洩影響聲譽，對值班護士卻不客氣地記了懲戒，小護士不高興，明明電源斷了，干她什麼事，於是對同事發了幾句牢騷，不久傳到急診室小醫師耳中，羅蟄回去換藥聽到轉了好幾手的牢騷。本來沒什麼，家屬不報案，死亡證明簽發了，還想怎樣。彰化老人的死使羅蟄決定看看另一名死亡的老人。

一號病床老人的女兒和羅蟄聊了幾句，聽出不尋常的地方：

二號病床的合眾企業張董事長死亡後，她父親，一號病床的老人堅持請二十四小時看護，他不信任護士，而且從此沒睡好過，得靠醫生開處方在他的點滴裡加鎮靜劑。老人且一再要求女兒為他辦出院。

「我爸抱怨這裡有鬼。」他女兒說。

醫院有鬼不是新聞，沒鬼才是新聞。

「我爸說他看到死神，像人，穿白色衣服，站在二號病床幾分鐘，張伯伯就走了。死神走的時候還朝我爸眨眼睛，我爸第二天就吵著要出院。」

死神？

「我爸瞇著眼看，不是好萊塢電影裡穿黑長袍拿長刀的，不是牛頭馬面，和我們長得一樣，穿得像醫師，脖子掛聽筒。」

那是醫生，探視病人。探視得不夠徹底，剛走，病人便死了。

「看到那個鬼抽換枕頭套，帶走枕頭套。」

枕頭套？愛乾淨的醫師，換個說法，愛乾淨的拘魂使者？

經過護士站問了問，七一五號病房每天換床單、枕頭，過世的二號病床老先生自己請看護，一天三位，不過看護並非每分每秒待在病床旁，要去買東西、換尿盆、拿病人的衣物、毛巾到地下室的自助洗衣室去洗。

換枕頭與床單都是早餐後、醫師巡房後，不可能半夜換。

想也是。

再回病房，二號床的新病人被搬上床，也是位男人，羅蟄偷眼看床頭的病歷，九十三歲，他用力地喘氣，喉嚨插的管子對他的幫助有限。一號病床的女兒正要出去，同病相憐且同病房的老朋友走了，沒必要再住二等病房，向院方要求換頭等的個人病房。

她拉住羅蟄，送給羅蟄一枚平安符，眼熟，果然也是慈佑宮的。這位婦人是凶手，到處送平安符？

「張伯伯留下的，擺在他的床頭櫃，他兒子說不是他爸的，他爸已經好多年沒點光明燈、請平安符了。」

壬申年輪值太歲劉旺大將軍，羅蟄划划手機，張伯伯生於民國二十一年，沒錯，壬申年。

凶手詳細研究過他殺害的對象，不是殺好玩的。

五枚平安符、四名死者，看來死者間沒有關係，水泥分屍案與北投房東被殺案，勉強有關係，一名租屋客不爽，殺鄰居，殺房東？彰化老人和張老先生以前認識，一起做過生意，兩人賺了錢撇掉另一名同夥，如今同夥的兒子來報仇？

撥幾通電話，張老先生的兒子說爸爸不認識何金生，從沒聽過這個名字。

平安符在這裡出現，在這裡斷線。

9

乩童刑警站在陽光下看他留的平安符，看得懂嗎？

遠遠地看羅蟄，新聞說乩童刑警被停職，怎麼還在辦案？應該通知媒體，他們喜歡落井下石。這個乩童愈來愈討人厭，追腐肉的蒼蠅，早點玩死他算了，不能再浪費時間。

乩童刑警拿了平安符有用嗎？

那個叫飛鳥的女刑警比較可口，穿制服的女人性感，前五名排行由後往前數是銀行員服、學生水手服、護士服、空姐服，配槍的女警服名列第一。

乩童停職，案子由女警服接手。

飛鳥，卑南族的名字，住汐止，好吧，玩玩她。

懶得跟蹤羅蟄，回了菜頭電話，新的客戶願意出一百萬，條件是請處理員三天內辦妥。原來處理員已經這麼有名氣，需要設立粉絲專頁囉。呵呵呵。

得先回家，處理員看必須先處理地下室的女警。

◇　◇　◇

朱予娟的狀況一天不如一天，和食物無關，不見天日地鎖在角落，頭髮亂不說，小奶子比小丑的臉更蒼白，反胃。

以前處理員會花時間了解處理的對象，為的是執行死亡時動作明快，不出錯，從未這麼久面對面和對象相處。她長得不錯，可惜再漂亮的女生關了幾天也又臭又髒，喪失上她的興致。靈靈說的對，女人的美是在呵護和疼惜之下維持的，往地下室一扔，蒼井空、波多野也慘不忍睹。

今天晚上輪到波多野，他其實很想試試真的女人，有次上網約炮，明明是大奶妹，來的女生不只奶大，下巴大，腰也大，嚇得他騎車就逃。

網路比真實好，波多野好，不必戴套子，而且波多野不嫌他長得矮小，總誇他大又粗。

把拔不公平，好吃的都給靈靈，從小買維他命幫她長高，靈靈不要的才給他，明明他是哥哥，親生的。如果他的腿像靈靈長到肚臍、頭髮多得像靈靈那樣每天塞住排水管，誰無聊到綁女警，當場一槍幹掉多省事。

不喜歡用槍，菜頭給他的。為菜頭處理掉對頭的阿熊，他的福利立刻升級。不費吹灰之力，槍留在馬偕爺爺銅像前面，警察喜歡黑槍和指紋。

機械性的東西難免故障，槍是機械性的凶器，萬一故障，他不想因而賠上辛苦經營這麼多年的成果。

殺老人和殺螞蟻差不多，不同的是按死螞蟻要洗手，殺老人得洗澡。

靈靈用的洗髮精不錯，上星期換歐舒丹的，他偷偷去買了一罐，波多野喜歡，他也喜歡。

帶晚餐回家，靈靈照例不在。他將塑膠袋裝的小菜夾進盤子，熱了昨晚的剩飯——讓女警察再餓一下。

用自己的歐舒丹洗澡洗頭，用完收回房間，否則靈靈以為用她的，又罵噁心。洗髮精不是肥皂，借用一下有什麼噁心。

螢幕上的波多野還是夠辣，不過他沒脫下褲子，才洗得香噴噴的，不想再洗一次。試試看女警察的反應，如果她有反應，明天買孫東寶牛排賞她。

要不要讓她先洗澡？

他開門進去，朱予娟不鬼吼鬼叫了。吃飯，吃飽點，不喜歡沒有肉的女人，做起來缺少視覺享受。

朱予娟態度合作地吃，說不定想養好身體對付他。別想，男人的本領不能從外表判斷。網路上長得跟熊不多的館長殺過人嗎？沒殺過人敢一天到晚嗆聲，被人拿槍打到住院。

看著朱予娟吃，喜歡今天的菜吧，南京板鴨買的，貴死人，這麼熱，特別騎去信義路，感不感激？

不理人，沒關係。

將盤碗擺到門外，將歐舒丹洗髮精的瓶子滑去，打開水龍頭。

脫掉衣服，洗澡，給妳用歐舒丹的。

她猶豫一下，真的脫了。

研究過警校的網站，警察學過擒拿術、跆拳道，身材練得不錯。

不能和蒼井空她們比，勉強七十分，腿不夠直，屁股不夠翹，奶子太小，從背面看像小女孩。

下面硬了，等下讓她看什麼是真男人。

歐舒丹好唄，耳朵後、腋下，拜託，現在女生連澡也不會洗！靈靈小時候是他洗的，一再對小靈靈說，耳朵、腋下、鼻子兩邊用力搓，不然長大變成臭臭女生。

十幾年沒幫她洗澡了。

下面，下面，兩腿中間，妳從來不洗那裡嗎？妳男朋友受得了？

毛巾還我，制服不用穿了，我妹說妳的臭味樓上都聞得到。這種天氣不穿衣服不會感冒。站直，手拿開。

他拉下短褲，裡面沒有內褲。她抖了一下而已，一定以為我要過去強暴她。小姐，妳沒那麼漂亮好嗎，不然叫幾聲我聽聽。

好久沒硬成棒球的球棒。沒看過齁，今天讓妳爽——不必裝可憐，騙我過去被妳擒拿，我看上去像白痴喔？

她掩住嘴。

用力地射，幹，太遠，射不到她臉上。

算妳命好，明天還有飯吃。

再洗一次澡，不能讓靈靈聞到，她的鼻子有病！

10

「紙杯上的指紋到底誰的？」

小蘇努起嘴，好像比對不出假金鎮國的指紋是他的錯。

「再想想，王八蛋既然知道小蟲的身分，摻迷幻藥毒刑警，沒事搞個密室是什麼意思？向刑事局挑戰？他已經讓小蟲出醜被停職了，再弄我，全面開戰？」

小蘇扭他袖子口，好像刑事局副局長齊富打算把他調去馬祖。

「如果弄密室存心搞垮小蟲，小蟲負責朱予娟失蹤的案子，小蟲停職，飛鳥，妳最近當心點。遇上神經病，阿財人呢？」

「去彰化，老大找他？」小蘇說出話，肩膀隨之放鬆地垂下，好像終於有話可說，恢復了生命。

「老大想把偵破密室的消息給媒體向姓金的挑戰？」

齊手順手抓起一塊鳳梨酥，小蘇本想阻止，飛鳥的眼神制止他，過期的鳳梨酥應該不會中毒。

「考慮過，擔心刺激神經病做事更極端，朱予娟還在他手上。飛鳥，兩件殺人分屍棄屍案，可以假設何金生和房東老搞不好關係，一氣之下殺人，彰化和醫院的老人呢？妳拿到平安符了？」

「報案人把平安符交到石牌派出所，派出所的專人正在路上。」

「報案人怎麼說？」

「壬申年輪值太歲劉旺大將軍，死者生於民國二十一年，院方說明死於呼吸中斷，一口氣喘不過來。」

齊富以指節敲桌面：

「叫阿財辦完事儘快回來，飛鳥一個人忙不過來。」

小蘇如釋重負地出去。

「小蟲還說什麼？」

「他說有靈感了，利用休假開始模擬凶手。」

「喔，我們的乩童有靈感，嗯，很好，休假的確該做健康的活動，成天打電玩，打成瞎子。妳呢？」

「卡在分屍案的死者身分不詳，假金鎮國的真實身分不詳。」

「我們知道凶手是誰，還有他的照片，可是看得到，摸不到，媽的，跟鬼一樣。」

「還是私下透露密室的事給熟的媒體，凶手有壓力，督察室長官不能怪小蟲亂開槍，他被設計的。」

「飛鳥，關心妳學長了齁，好的開始是成功的一半，開戰吧，連老人和平安符一併給媒體，還有何金生留在戶政事務所的身分證照片，一旦開戰，我們的時間更有限，最好設個圈子讓他跳進來。」

「什麼圈子？」

「妳和停職的小蟲聊聊，吃個飯，喝杯咖啡什麼的。」

11

小蟲坐在老鼠仔的辦公室內，位於三重舊公寓的一樓，門口掛醒目的「都市景觀設計公司」大招牌。這種三十九度的天氣，冷氣吹得呼呼響，四名一式黑西裝的男職員不怕扭到腰地歪斜坐在桌面想學日本電影裡的黑道，一名穿洋裝的女孩送來咖啡。

「我做正經生意，繳稅給你，羅警官，我公司有請律師，每個月付錢，不是請來好看的。」

老鼠仔傷害罪入獄四年，之後改頭換面專做都更生意，十年前進士林區，說服十來戶接受他的條件參與都更，原本四層樓老公寓改建成十五層的豪宅，一坪由四十萬漲至八十萬，十八戶增加到六十戶，預售時就賣光。嚐到甜頭，乾脆找到能插足的老社區便進駐，先買一樓的，想法子說服樓上的鄰居參與他的都更計畫，一旦談好，再找建設公司談。

「喂，我早不吸毒，不信我和你去醫院驗血。」

屋主早學聰明，老鼠仔想一坪換一坪，很難談下去。老鼠仔有兄弟可以威脅住戶，如今的住戶不認識警察的也認識議員，流氓想再主導都更，難了。羅蟄到處打聽，三重分局聽到一點風聲，叫他找老鼠仔。

「三樓姓喬的不肯都更，不肯就不肯，我又不會怎樣，現在是法治社會，我買一樓，他三樓在陽台加蓋遮陽棚，澆花、下雨，水一直打我的雨棚，請他卡注意欸，這樣也算恐嚇，那我天天被你們警察恐嚇怎麼算？」

「老鼠仔，不，劉董事長，請教一件小事，不是恐嚇。」

「你們警察到老百姓公司喝咖啡就是恐嚇。」

羅蟄將咖啡杯推到老鼠仔面前。

「我沒喝你的咖啡。」

「是想怎樣？」

「既然不肯說，打擾了。」

羅蟄起身，不能不借用齊老大的名字，老大不會在意。

「刑事局齊副局長叫我來的，沒事，我來過，長官不高興他家的事。」

「幹，齊老大，我被他抓的，他要害我害到民國幾年。我關一下門。」

羅蟄再坐下，齊老大的名字很好用，勸他申請專利做成平安符。

「聽說啦，道上叫他處理員，環保局收垃圾的清潔隊員同款意思，老的、重病的，躺在床上天天打營養劑，打到賣房子，不會說話不會吃飯還是不會死，就找處理員，幫忙處理一下。」

「怎麼聯絡？」

「啊哉！聽講，不認識。」

「還聽到什麼？」

「處理員很專業，讓老人死得很自然不痛苦，要的價錢比去瑞士安樂死便宜多了，現在疫情，不能出國，聽說生意很好。」

「一定有辦法接頭。」

「我問問。」

羅蟄再次起身，這次老鼠仔沒攔他，急著上前開門：

「問候齊老大，說我老鼠仔做老實生意，他有空來飲咖啡。」

處理員。

第三部

「頂多再撐兩年，對別人，這兩年一眨眼就過了。對家人，他們得再聽我哎兩年，他們挺得住，絕不肯讓我死得不名譽。你看看，我的死亡關係他們的名譽了。我已經要死而不得死，曉得兩年對我而言多長嗎？」

——沈董事長

1

約在路口咖啡館，這種天氣，老人穿淺米色的西裝，褲管打摺，褲腳倒摺，戴寬邊涼帽，長長圍巾繞住脖子，撐木頭顏色的手杖，戴醫療用口罩，如約地步出捷運站四號出口，躲過年輕人，一步步邁進來。

老人花不少錢和關係，四處打聽處理員，他要處理自己。本來想去瑞士，不在意付歐元，可是疫情期間兒子絕不會讓他出國。

有些話沒辦法對家人說，他不是不愛家人、不愛人生，不過想死而已。

老人直接走來，很明顯，一樓只一名單身男客。

他扶老人坐下，看著老人緩慢進行某種儀式，手杖掛在旁邊椅子的椅背，取下帽子放左手邊的桌面，脫太陽眼鏡脫口罩露出微笑。第一次見到這麼真實的微笑，微微的笑，真的想笑的笑。

「敝姓沈，和沉船的沉不是同一個字喔。」老人打趣的開場白。

「沈北北想喝什麼？」

「含糖的都不行——管他，拿鐵，再幫我挑塊蛋糕，少點油的，有抹茶戚風嗎？」

等了幾分鐘端來拿鐵與戚風，老人花了將近一分鐘喝了口拿鐵、嚼了口蛋糕，儀式終了地大大吐出一口氣。

「很多年不來這種咖啡館，滿街都是啊，終於能再過一般人的日子，今天，年輕人，是我難得自在的一天。」

老人沒取下圍巾，看得出來，那裡留著插管的傷口。

「劉先生熱心，幫我想的辦法，叫司機送我去按摩，唯有按摩，看護不跟。司機為我開了近二十年的車，聽我的話在市政府站放我下來。有錢了，人老了，本來怕我一個人出門遇到意外，現在怕我想不開。想寫本書，歲月的囚犯，書名不錯吧。」

他將敬老悠遊卡放在桌上，

「第一次用，挺方便，刷了進站，車子來，上車，馬上有人讓我座，來不及謝，那位小姐逃命逃到另一節車廂。你看現在的小朋友多好，為善不欲人知。」

不是不為人知，年輕人坐了優先座，見到老人上車，不好意思地趕緊讓座躲開。

「到站下車，一位漂亮女孩扶我去搭電梯，我說手扶梯就好，她陪我上去，站在我後面護著，我女兒有她一半，含笑九泉哪。」

老人有兩個兒子，兩個女兒，再加兩個媳婦、七名孫子與外孫，但無論多有錢，只有一個老婆，比他小三歲，也八十了。

「劉先生對你說了我的情況？每次進醫院，老醫生還好，談笑風生，不想讓我難過，小醫生抱歉的表情假不了。」

老人停下喘氣，小口喝拿鐵。趕緊去幫他倒了開水送上。

說話費力，嚥水困難。

「幾年前開完刀向家人表明心意，到瑞士去花不了多少錢，兒子、孫子不同意，他們說要是再惡化，包病房、包醫生，絕不讓我吃苦。我妻子清楚，活不是問題，活得痛苦，是死的問題。我清楚，要是我去瑞士安樂死，兒子臉上掛不住，他們也有頭有臉了。」

老人顫抖的手拿紙巾擦拭嘴角，沒擦乾淨。

「不能不穿成人紙尿褲，一開始心情壞到天天罵人，人是習慣性的動物，穿幾個月也就穿了，可是上大號受不了，天天要看護幫我通腸，男人最後的尊嚴，哎，你夢過光著身子走在街上嗎？突然發現自己沒穿衣服，那種慌勁。你年輕，不會做這種夢。」

做過，高二、高三吧，全身整齊的制服，唯獨沒穿褲子，他飛快地跑，怕被人看見，跑到喘不過氣地驚醒。阿爸說憋尿的緣故，半夜想尿尿，夢用各種方式提醒你起床上廁所，免得尿床。

夢很含蓄，輕聲提醒：前面左轉，當心階梯，廁所。

「我公司安全部經理以前是老刑警，六十歲退休進我公司到現在，老婆以外就他知道。我對他說，老陸，頂多我兒子不高興，明天結算年資發你退休金，萬一我死了，兒子怪你，炒你，充其量回家抱孫子，你跟我這些年也夠鞠躬盡瘁，打從心底謝你。他點頭。用他的老關係打聽到劉先生和你。處理員，誰取的稱號，一時之間我以為是殯儀館為死人化妝的。」

那叫禮儀員。

第一次面對客戶，老人囉嗦，可以忍受，想像得出老人的決心多堅定。

「我要見你一面。」

老人顫抖的手伸過桌面握住另一隻手。

「說你的動作很快，沒什麼痛苦？」

想必比拔牙快，沒拔牙痛。

「說的好，活著痛苦認命了，總不能死也拖得痛苦幾十年。」

老人鬆開手，從外套口袋拿出一個長方形的藥盒，

「我一天得吃二十七顆藥，不包括維他命。你試過吃完早餐吞九顆藥嗎？得分三次吞，早餐不能吃太飽，否則反胃。」他打開盒子撥動其中紅色的，「這顆，它的副作用我講講，噁心、嘔吐、胃痛、嗜睡、頭暈，手指頭腳指頭冰冷、麻木和刺痛感，心跳急，皮膚癢、起水泡。」

很豐富的藥盒。

「這些副作用讓你想到什麼？手腳冰冷、麻木、嗜睡，不和死差不了多少？而且醫生再三提醒我，要是副作用來得太凶，趕快到醫院掛急診。」

他呵呵笑了幾聲。

「這是我的藥丸人生，它們治不了我的病，只是要我犧牲一些部分的健康換另一些部分的苟延殘喘，聽起來多絕望啊。」

顫抖的手收起藥盒。

「看到電視新聞，合眾集團的張董事長是你幫的忙吧，安全部老陸說是你，前後不到兩分鐘，張董走得乾脆。小時候期待未來的一生，老了，期待最後兩分鐘，想到那兩分鐘我覺得舒服，比任何事情都令我開心。好久沒開心過了。你用什麼方法？」

殺人有八百萬種方法，哪個美國作家寫的？

「我話多，處理是你的專業，不該打破沙鍋地問。」

老人抬抬手：「五十歲糖尿病，六十歲心臟病，接著肌肉萎縮，醫生說大量的肌肉流失，別提重物，走路當心拐了腳踝。拐了腳不好走路，更容易摔倒，要是再摔倒，骨折骨碎，說不定摔出傷口。吃多少年的抗凝血劑，傷口很難痊癒，要是運氣不好，傷口在醫院感染病菌，新冠病毒還和善，肺部纖維化，早點送我上西天，染上其他的，說不定得截肢。你看我這身臭皮囊，躺上手術台讓人切手斷腳的，像不像古時候搞的凌遲處死那套？哈哈。膝蓋不行，老人斑、牙齒鬆動，大小便失禁，完了，人生早在那天提前完了。」

隨老人的節奏陪著點頭，表示體諒。

「很多痛苦不能對子女說，對老婆說呢，她有她的痛苦，我們聊這些無非交換痛苦，很不健康。好吧，聽醫生的，見見老朋友去，大學的，大學以前的，各自忙於事業早失去聯絡。工作認識的，一般年歲，我該去探病呢，還是去掃墓？」

左手捏起右手發皺的皮膚。

「想自我了結，上帝不客氣地打回票，對不起，祂負責創造生命，回收生命是魔鬼的業務。魔鬼呢？還在休假？哈哈哈，人老了，等發霉而已，連拿菜刀切個芒果的力氣也沒。人生七十才開始，欺騙自己罷了，活過七十歲生日，開始數日子的等死而已。活力不如小寶寶，偏偏腦子比任何時候清楚，要命吧。每天躺上床不是怕醒不過來，怕睡不著。」

老人喝涼了的拿鐵，牛奶泡沫殘留在他嘴角，這次沒擦。

「拜託你了，誠摯地請你幫忙，如果有來生，我對老婆說，那就請早點開始，寧可等車，不要誤了車。放心，見了閻羅王，我告訴他，謝謝那位幫忙的處理員，否則在人間苦等，沒有火車時刻表，不知道車子幾點來，等得心灰意冷，何必。」

該表示關心：「沈北北有什麼希望？」

「希望？希望是你們少年郎的特權，我，不能叫希望，叫奢望。這樣吧，盡你可能，死的時間短，兩分鐘以內可以接受。留下全屍，沒有傷痕，免得老太婆難過，如果能帶著微笑更好。」

老人再次露出真實的微笑。

英文裡有句話……custom made，為客人訂作。

「沈北北不再考慮？醫學一天比一天發達，說不定——」

老人還留在代客訂作：「很好，訂做的，很好，我喜歡。難得，你們這一代穿的、戴的，無一不是成衣，你古典，講究訂做。」

老人拒絕陪同，恢復儀式地以手帕抹了臉孔，也抹掉嘴角的蛋糕屑，戴上帽子，由上往下抹平上衣，撐桌面起身，仔細地戴妥口罩，手杖在前領路地一步步邁出丹提。

下午的太陽正烈，老人站在捷運電梯口等待，一位媽媽按住開門的延時鍵，老人提起涼帽表達謝意。

老人步入電梯，隨命運往下。

◇　◇　◇

從督察室出來，進關老師辦公室，回答同樣的問題：

「說說你開槍前後的心情。」

如果有心情，我會開槍嗎？

「所以你的錯誤是誤食迷幻藥？」

不然？

「你的槍每天上膛？」

每天掛槍出門為了好看。

「看到第七個人的人影？」

雨衣，不懂什麼是雨衣嗎？雨衣從天花板飄下，舉槍射擊，子彈穿過雨衣，金山分局已將留著彈孔的雨衣送來督察室，需要再解釋誰曉得白目薛男站在後面？

「確定以前沒見過其他五人？沒有過節？」

六個人的筆錄在電腦裡，經過金山分局、新北市警局、刑事局的認證。

廢話。

關老師是位戴眼鏡的中年女性，穿小了一號的連身裙，大了一號的鞋子，右腿架在左腿上，右腿的腳跟不停地鑽出鞋子，前腳掌開著也開著地抖動鞋子，隨時讓腳透氣，保持健康。

「說說你父母。」

我父母怎樣，他們從小在我奶瓶裡摻迷幻藥？

「七歲當乩童，什麼感覺？」

我是刑警，不乩童很多年了。

「你弟弟，羅雨對吧，他怎麼樣？」

他好得很，有女朋友，女朋友有孩子，孩子有阿嬤和新來的我這位每次買玩具當禮物的阿伯作伴，賺到。

「嫉妒以前不如你的弟弟，如今愛情、事業穩定，影響你的心情？」

哈！不影響我的薪水就好。

「也想要孩子？聽說你和女警官飛鳥交往？」

等等，這就八卦，和誤擊老百姓無關了。

記者沒在警政署門口堵他，齊富開記者會誘走所有記者。

刑事局的記者室，齊富站在麥克風前，飛鳥標準稍息姿勢，兩腿分開打直，兩手掌平伸置於腰後，兩眼平視。

齊富沒看講稿，憑他對案情的了解，一口氣講完凶嫌布置的密室，記者沒人提問，沒人有空抬頭，一個個急著敲鍵盤，說明密室的歷史近百年，依然吸引人。

「凶嫌故布密室疑陣，以迷幻藥摻入紅酒，羅蟄警官意識不清下開槍。凶嫌的目的在阻撓羅蟄追查失蹤警員朱予娟的案子。」

齊富向督察室挑戰。

「凶嫌的密室粗糙、手法幼稚，刑事局於案發一天後即破解，密室使無辜者受槍傷且誤服迷幻藥，行為令人不齒。」

齊富向凶手挑戰。

「朱予娟目前生死不知，絕不是自殺，我們已掌握方向，刑事局絕對追到地老天荒，司法不容挑戰。」

齊富向不知能不能看電視新聞的朱予娟信心喊話。

「而且，」他拉起口罩下緣喝口水，「借用防疫中心指揮官陳時中的話，她的生死，我負全責。」

齊富一擺右手介紹飛鳥。

「飛鳥警官。」

飛鳥兩腿併攏，兩手掌與褲縫貼齊地立正。

「目前追蹤金山密室碟仙案，凶嫌的相貌與習慣由飛鳥警官向大家說明。」

一旁的布幕放映假金鎮國的素描面貌。

「警方已掌握嫌疑犯指紋、相貌，嫌犯盜用他人學生證的盜竊與偽造文書、涉嫌以迷幻藥毒害在場其他五人、涉嫌妨害刑警辦案、涉嫌殺人、綁架女警朱予娟。」

底下記者一片嘩然，飛鳥大聲地說：

「若有認識圖中男子的民眾，請向刑事局檢舉。」

齊富沒有公開何金生的照片，臨上麥克風前改變主意，一旦公開何金生，記者追問的更多，說明過程萬一透露太多案情必影響辦案，但齊富明白他的宣戰會壓縮辦案的時間，沒差，搶救朱予娟本來就得搶時間。

他說他為朱予娟的生死負全責。

◇ ◇ ◇

沒看成電影，不過富霸王的豬腳仍得吃，大口地吃。

富霸王的燉豬腳分三個部分：腿扣、腿節、腿蹄。飛鳥愛啃骨頭上的筋肉，大概膠質多，養顏美容，羅蟄三種各要一份，大概豁出去地先吃飽再接受督察室後續的調查。他們划動筷子對付魯肉飯，磨動牙齒解決豬腳，吃得上下嘴唇快黏在一起地打不開。

「感覺怎麼樣？」

「嗯，再點一份豆腐和筍絲——追加一碗魯肉飯。」

「學長，我問的是你模擬凶手的感覺。」

「啊，感觸很深。妳不要湯？」

「我們來吃豬腳，可是我感覺對面坐的是豬。」

「去過督察室、見過關老師，說不出來的飢餓。」

飛鳥不能不向服務生再點菜和飯，她得讓羅蟄吃飽，吃到撐爆！羅蟄一定發現新的線索，男人一向愛搞欲擒故縱的把戲，以為女人是笨蛋。

「老鼠仔在道上放話，說他經紀處理員，等於搶走原來處理員的生意，沒想到想找處理員的顧客超出想像，尚未引來何金生，引來了沈董事長。」

「那個上市電子公司的沈董事長啊？」

「不然哪個？」羅蟄咬著骨頭，自以為露出慈祥的笑容：「敝姓沈，和沉船的沉不是同一個字喔。」

「怎樣？」

「他癌症擴散，天天得打嗎啡止痛，不願住醫院，住家裡又太沉悶，去年起就和瑞士聯絡，想去安樂死。兒女不同意，喂飛鳥，妳不吃蛋？」

羅蟄夾起飛鳥盤內的滷蛋，毫不客氣地咬掉半個，嘴邊沾了蛋黃屑地朝飛鳥笑。飛鳥沒笑，可是難得的她沒開罵，她對羅蟄說出對羅蟄新的看法：

「小蟲學長，一，我覺得你沒救了，和全世界其他三十多億男人一樣的沒救；二，你找到新的線索，說不定你已經踩到處理員留下的腳步，很得意，齊老大的說法，欠扁的意思。」

「選擇二。」羅蟄保持同樣的笑容很久很久。

「可見處理員在黑社會有名氣，不過沒人見過他，只知道得透過三重某個大哥。老鼠仔放話出去，沈董事長找到我，現在有兩名處理員，兩名中間人。前一個處理員想必也聽到消息，很怒，他的中間人是大哥，本來做獨家生意，更痛恨突然跑出個老鼠仔搶生意。」

「所以？」

「請妳對老大說，派人保護老鼠仔，跟蹤老鼠仔，處理員或他的經紀人此刻說不定就跟在老鼠仔屁股後面撿老鼠屎。」

「好。」

「處理員這個行業的消息不能走漏，否則媒體一報，會把處理員嚇得躲起來，最好用障眼法。」

「要我障眼？」

「啊，難怪齊老大老說飛鳥冰雪聰明。」

「聰明個卵蛋，快說。」

「我覺得正慢慢走進處理員的人生，他人生的開始和松山慈佑宮有關，我會花點時間在那裡，說不定他生在附近。」

「我怎麼障眼？」

「第一名死者是處理員殺人的起點，九年前，假設處理員是下落不明的何金生。殺了人，家屬、朋友總該發現某個人不見了，可是九年來竟然沒人舉報足以讓我們追查下去的失蹤人口，很不尋常。第二名死者，何金生殺北投房東，要搬屍體運到魚路古道掩埋，他一個人辦不到，至少有名冒充金鎮國的助手，說不定是他當時未成年的兒子何乃成。朱予娟追到北投，可能也追出凶嫌可能是何金生父子，妳從水泥屍袋著手，挖到什麼就向媒體公開，特別強調凶手是假金鎮國。假設假金鎮國是何金生的兒子何乃成，何金生是殺人狂，瘋子，但他會擔心兒子的安危，這是他綁架朱予娟的理由，現在妳也踩上朱予娟的腳步威脅何乃成，何金生必然想對妳不利。」

「操！」

「跟齊老大太久，改變妳對國語的用詞，老大的精神無遠弗屆。」

「意思是追捕何乃成，逼出何金生。」

「從平安符來看，何金生一子一女，女兒下落不明，說不定交給親人撫養，威脅他兒子，看樣子是唯一方法。何金生殺人殺上癮，叫阿財跟妳。飛鳥，我見識過阿財的本領，對妳會有很大的幫助。」

「不必，我能照顧自己。」

「飛鳥，不是妳的問題，刑事局能不能救出朱予娟的問題。阿財跟著妳說不定能發現盯上妳的何金生。妳是蟬，何金生是螳螂，說不定阿財是黃雀。」

「最好是，我沒見過黃雀，不過知道那麼胖的鳥根本飛不起來！」

阿財是飛鳥粉絲，不幸飛鳥不喜歡體重超過標準的男人。

吃豬腳不適合啤酒，不適合喝熱茶，若是可樂，太膩，汽水最好。不敢勞動飛鳥，羅蟄自己去拿，開罐喝下一口，不由自主「啊」一聲。蘇打水衝鼻的氣泡，爽。

他把剩下的飯吃完，從小爸媽養成他吃完每一粒的習慣。台灣人珍惜米，即使怕熱量高、怕胖，父母仍會說「菜不要吃了，把飯吃光」。

如果把台灣價值放在竹籃上一再篩撿，最後留在籃子裡必然是米。

「我們守株待兔地等何金生和何乃成找老鼠仔和我？」

「妳守，我攻。」

「為什麼？」

「分工合作。」

「你往哪裡攻？」

「飛鳥，告訴妳一個真正的大祕密。」

「快講，你祖媽沒耐心。」

「有位老人，不是沈董事長，既找了處理員，也找了老鼠仔。」

「靠，比價喔？」

「不是，想知道怎樣死得快，死得明顯。」

「為什麼要明顯？」

「他要家人領得到保險金。」

「冒充處理員，把老鼠仔、我當成誘餌，不小心有什麼，別說停職，上面說不定以瀆職起訴你。

親愛的小蟲學長，不要自以為是的聰明過頭。」

「喜歡我的新綽號。」
「什麼？」
「親愛的。」
「被你害死。」
「飛鳥，只能害妳，妳不怕，妳樂於接受挑戰。不能害齊老大，他還沒領到退休金。」
「快領到卻還沒領到退休金的男人膽子最小。」
「妳瞭，而且快領到還沒領到退休金的男人脾氣最大，沒安全感，我惹不起。」

2

領得到保險金？

菜頭傳來新的生意訊息，新客戶願出五十萬，要求看得出來明顯是他殺，家屬申請保險金給付比較容易。

他殺還不簡單，往老人胸口戳把刀，但他不是那麼喜歡用刀，留下的線索太多，而且警方一定立案追查。到現在為止他接了七筆殺老人的生意，做得乾淨俐落，警察看不出是謀殺，家屬不會上媒體哭訴、拿抗議紙牌鬧警局，迅速結案對大家都好。

才五十萬，他和菜頭對分，二十五萬換謀殺罪的風險未免太高，打官司請律師都不夠。

不接。

他回菜頭。警方追得凶，需要避一陣子鋒頭，沒空賺數目不令人興奮的酬勞。

菜頭不肯放棄任何能賺錢的生意，他說提高到一百萬，處理員現在道上名氣不小了，漲價應該。

有了，既然是為保險金，不必老人出錢，生意何不生意到底。

保險金對半分，他的家人一半，我們一半。保險金多少錢？

菜頭再和對方商量。

◇◇◇

結識菜頭純屬巧合，他房租晚了幾個月，房東天天催，揚言找警察，不僅私闖他住處，犯下大忌地換鎖。

每個人的容忍度不同，卻都有極限，房東越線了。

約在住處見面，沒想到房東一來就大吼大叫，還作勢要甩他的東西到樓下。

早準備好，他做事一向講究計畫，前一天到慈佑宮向神明報告，實在不能不這麼做，他緊記把拔的交代，好好照顧靈靈，威脅靈靈的人一律廢掉。

從不看田徑賽的轉播，障礙賽跑道上的高低欄讓他心頭沒來由地癢，像看到泡泡包裝紙，非按破每個泡泡不可。擋在他前面的人是欄架，是泡泡。

請了平安符，媽祖婆微微的笑容令人心情平穩，他享受這種感覺。

中式菜刀有兩種，平常用來切菜切肉的，另一種叫剁骨刀，比菜刀重，刀背厚實，他拿剁骨刀往房東脖子上架，叫對方乖乖喝下氰化鉀。

再大小聲嘛！

壓住房東四肢，很快斷氣。

想拖到浴室分解，不行，弄得到處是血又惹靈靈不高興。他把房東扛到送瓦斯桶的小貨車副駕駛座，繫好安全帶，選擇熟悉的魚路古道，靠金山這頭。

用桶裝瓦斯的住戶不多，集中在北投、北新莊、淡水的山區，周邊很多可以棄屍的地方，不過最好埋遠一點。

菜頭是房東老嚴的表弟，當天晚上等在公寓門口，見到他劈頭就打，菜頭一直問房東下落，雖然不講，菜頭從副駕駛座找到房東遺落的皮夾。

意外地，菜頭對他殺房東的手法很欣賞，反正表哥死了，表兄弟間也沒太深感情，姓嚴的小氣，只想利用親戚朋友，從不回報。

手上恰好有筆生意，菜頭要他去辦，和他表哥的事相賭。

殺的是第一名老人，老太太，當年過兩線道的馬路被機車撞倒，躺在床上當了十二年的植物人，由醫院、家裡，換了七、八間療養院，家人再也無力負擔。菜頭認識老太太的兒子，二十萬元一條命，要幹得讓警察找不出毛病。

想了幾天，淹死她。

醫療網提醒老人家留意喝水與喝湯要慢慢的，最好用吸管，以免嗆到。讓她嗆到掛。

療養院位於山區，一棟釘滿生鏽鐵窗的老舊公寓，幾十個病人，看護五人，晚上僅一人值夜。保全由附近無業老人充任，時薪比照便利店，不穿制服，沒受過起碼的訓練，值勤時大部分時間花在看電視。

月黑風高。他對菜頭說，月黑風高，好的開始。菜頭駕車，笑個不停，有搶銀行的氣氛。

稍早他送便當去，摻了安眠藥，看護和保全睡得不醒人事。外送食物、工地打工、送瓦斯，凡不查身分證、不幫員工辦勞保、健保的工作他幾乎都做過，沒人會對外送來的食物起疑。有次他送錯家，回去拿，早被吃光了。人為口腹，不在意安全。

他抱起沒有反應的老太太灌她喝水，灌得床墊、床單、枕頭濕了，不停地灌，從咳嗽到喘不過氣，花了大約半小時，老太太淹死在寶特瓶的水裡。

將電扇對著床吹，等明天早上看護醒來，連床墊八成也乾了。

留下一個問題而已，誰餵老太太喝水？療養院會解釋，老太太醒了，她找水喝，不慎嗆到，長期未活動，四肢無力，不知道拉床頭的警報繩子，一口氣上不來，把自己嗆死。

果然警察和家人並未深入追究。雖然沒人相信十二年的植物人忽然恢復意識，沒人相信植物人醒來第一件是找水喝，沒人相信醒來的植物人有氣力拿起床頭的水瓶灌，嗆到氣管地死亡。但關係人寧可不追究，如此結束老太太的生命，天意哪，接受吧。

菜頭守信用，相賭，他保證守住表哥死亡的祕密，從此和他成為夥伴。

第二天他帶靈靈搬家。靈靈從不問搬家的理由，她很會收拾行李，所有用品、衣物塞進兩個箱子，拖著便上貨車。

臨走前他以水龍頭把屋內沖洗一遍，水漬兩天內將會隨氣溫蒸發，不留他和靈靈的痕跡。

樓下可能又拿掃帚敲他的地板，老房子總是會漏水，請找房東。

◇　◇　◇

老人不願意分保險金，他以命換取家人未來的幸福，怎麼可能分給別人。他不是慈善家，他顧的是家人而已。

菜頭問他的意思，勉強從五十萬談到七十萬。菜頭主動提四三分，他拿三十萬，給處理員四十萬。

「這次恐怕麻煩得多，搞得到處是血，你多拿點。」

黑道不可能捧出良心談道義，他清楚，談妥的價格至少一百萬，六四分，他照樣拿四十萬，菜頭拿六十萬。

得再搬家，需要用錢，不能不再幹一票。

已經做過一番調查，老人的年紀並不老，六十三歲，五十四歲那年被公司資遣，拿了兩百萬資遣費，買不了房子，更別說兒子從火柴盒小汽車起羨慕二十多年的保時捷。

在家待幾個月，不能不到連鎖水餃店打工，本來在廚房，三天後調外場，老闆懷疑他年紀大，打工怕是幌子，想偷學經營方式自己開店。

五個月前忽然昏倒，他去幼稚園為孫女首次的戲劇表演錄影，全家出動，老婆、兒子、媳婦，親家夫婦也請假趕來。拍著拍著他奇怪畫面為什麼變成黑白的，頭一昏，人一倒，醒來後不久，醫生指X光片對他說，腦瘤。

「你不痛嗎？腫瘤這麼大了。」

以為是老毛病的偏頭痛。

開刀。六十三歲的人能承受得起手術，醫生細心，顧慮他吃糖尿病的藥，血不易凝結，因此開刀前得有段期間停藥、換藥，他要按醫生說的一步步調整。

是啊，調整身體為了開在腦門中間的一刀。

新冠肺炎的疫情發生，在旅行社做大陸旅遊團領隊的兒子一下子失業，熬過三個月、熬過六個月，新聞裡專家判斷至少得熬到明年春天。領隊沒有固定薪水，失業一年不得了，政府補助旅行社，不補助領隊。上個月旅行社收了，兒子面對的不是換公司，是換職業。要命的不僅是失業，他和媳婦買的房子還有八百萬的貸款得還，眼看只能賣房子搬回父母家擠擠。

腦瘤經過手術可能在摘除癌細胞、長時間復健後，重拾正常的生活，也可能從此損失部分的能力，例如得坐輪椅、忘記老婆的名字。等門診時一旁老先生的兒子說了他父親的病況，手術進行中老先生意外地中風，如今不說癌細胞有無擴散，光中風的復健，搞得一家雞犬不寧。

家裡隨時可以少一個不事生產的人，不能增添妻兒的負擔。

想出方法，絕對他殺，絕對不留痕跡。有過經驗，某位委託人在臨死前不想死了，極力反抗，搞得死亡現場很不堪，這次不能對委託人說出方法，乖乖地付錢等死，要不然不接生意。

你說。菜頭傳來訊息。

我通知時間、地點，他準時去就對了。

好。

錢照例先匯進我那個帳戶。

當然。

他要對家人保密，最近風聲緊。

哉。講講看你怎麼動手。

猶豫了一下，從兩人合作起，菜頭從不機車，不說好像不信任對方，不好，即使他一向有殺人的把握，也有需要後援的時候。

找個偏僻的海邊，淺水灣到白沙灣的自行車道附近最好，一路沒有監視器。委託人開車至三芝的海岸，停妥車，越過自行車道走到海邊。他會躲在那裡，一棍敲委託人後腦，打到斷氣為止，搜光死者身上的錢財和證明文件，扔屍體進台灣海峽旁的石塊中間。

選好地點了，花點氣力把屍體的褲管綁於漂浮木，再將漂浮木卡於岩石縫隙，不讓屍體飄走。

他脫掉游泳褲，擦乾身體換自行車服，騎車回淡水。

預計第二天早上家人向警方報案失蹤，警方因委託人是成年人，不會受理，但會將死者車輛的車牌傳至勤務中心，要各地巡邏警員留意。

推算三天後警方找到汽車，巡視周邊海岸，屍體卡在岩石肯定醒目。

警察找到的命案相關物證有屍體後腦的幾處重擊後形成的傷痕，存心自殺的人不會走進大海，會挑高處跳進大海撞到岩石而死亡。撞到岩石死亡只有一處致命傷口，不會有兩三處。

致人於死的木棍在海邊草叢內，沒有指紋，只有死者與死者後腦血塊相同的ＤＮＡ。

死者口袋空空，疑似搶劫。找不到證明文件，搶匪一併帶走，說不定遊客在淺水灣撿到身分證，他騎車回程時順手丟的，免得警方破案拖太長時間。

動機：搶劫殺人。

凶器：帶血的木棍。

凶嫌：疑與地緣有關，或是常到當地釣魚客。

菜頭按了十多張笑臉過來。

通個話。

好。

事情有些不對勁，最近道上傳出另有一個處理員也接生意，菜頭認為生意好，惹人眼紅，進來搶生意。

不怕別人搶生意，怕搞壞市場，只要一個委託人死法引起警察懷疑，引來大規模的調查，他們受到牽連。

「對方是誰？」

「幹，七逃囝仔，聽講叫老鼠仔，我找人把他斬斬準嘟好。」

「老鼠仔做什麼的？」

「做房地產，賺了不少錢。」

「賣房子賺大錢，當處理員賺的是他的零頭，幹麼攪進來，說不通。」

「有理，你講看看。」

「查清楚對手再說。菜頭，我們當心點，保險金的那個客戶多查證，不對勁就不要接，怕有人設圈套抓我們。」

「聽你的。保險金這條盡快辦一辦，另外一條新的，有人找我，一個姓陸的老刑警，退休好多年，在民營公司上班，替他老闆找處理員，錢應該不少。老頭姓沈，有錢喔。」

「老刑警？別碰最好。」

「也是，我看看。」

「換手機，把訊息都刪掉，有人注意我們了。」

「幹！」

要保險金的，姓沈的？怎麼突然生意忙到要排隊？

他隱隱覺得不對，說不定有人釣菜頭。

更得趕快搬，短期內不和菜頭聯絡，不能讓警察從菜頭那裡摸到自己頭上。

處理掉地下室的女警察。

3

老鼠仔放消息出去了，對方如果得知，預計會找老鼠仔，如果羅蟄是處理員，非得搞清競爭對手是誰，不然晚上睡不好。

小蘇的一輛車子守在老鼠仔店對面的路旁，羅蟄特別叮囑飛鳥告訴小蘇要常換車輛，處理員是個謹慎的人。

老鼠仔帶十多名小弟，能擋正面來的挑戰，依處理員一貫的手法，不會明著來。當心背後。刑警有義務保護線民，即使線民是早該關進牢做醬油的流氓。

佈下的陷阱一，用處理員釣處理員。

他走進慈佑宮，齊富指派南港分局刑事組的老刑警調查最近請平安符的人，理論上請平安符的會留下姓名與生辰，祈求媽祖保庇。他再走一遍，六十位太歲面貌各異、生平不同，無奈地公平對待善惡眾生。假設他是凶手，不太會請每名太歲的平安符放家裡當存貨，接到生意挑一個帶去。一請六十個，廟方起疑，處理員每次接到生意，再到宮廟向神明請委託人的太歲，由信仰演變為凶手的簽名。他這幾個星期內一定來過。

何金生留下平安符曝露身分，台灣叫何金生的人不在少數，戊申徐浩大將軍，生於民國五十七年的何金生卻有限。從內政部的資料庫查到他生於南港松山路，父母均已過世。遷出南港後，戶籍落在淡水，搬走後房東註銷他戶口，可是健保仍保留於戶政事務所。更不尋常的，催繳保險費用的帳單寄不到何金生手裡，他費事地定期自行去健保局補繳。

幽靈般的人口，為何在意健保？表示他雖幽靈但肯定存在？

松山路離慈佑宮很近，何金生小時候由父母帶到慈佑宮，培養他對媽祖的信仰，每殺一人必留平安符不是凶手的簽名，是他的信仰，不論搬哪裡，他不定期回到慈佑宮，尤其殺人前與殺人後，求得心安。

連續殺人需要強大的心理支撐力量，從死亡的兩名老人來看，何金生自認協助委託人安樂死，心安理得——為什麼心安理得？

羅蟄在慈佑宮內徹底想通，讓老人提早離開人間，等於為他的家人減少苦難，何金生向媽祖報備過，說不定還擲過筊杯得到媽祖同意，內心以為這是做善事，才殺得如此心安理得。

他會回來。

佈下的陷阱二，與廟方溝通，留意請平安符的信徒，守株待兔。

南港分局的老同事叩羅蟄手機，重大發現，請平安符的名冊內出現熟悉的名字：何金生與何乃成，無疑地，父子聯手犯案。

調查朱予娟失蹤案時，羅蟄懷疑凶手不只兩人，若是何金生父子，一切合理了。何金生發現朱予娟尋線追到他搬遷的北投，恰與房東命案連上線，朱予娟對他們的威脅太大，埋伏於巡邏的路線，引朱予娟走近馬偕銅像，兒子何乃成從後面脅持住朱予娟，掙扎中父子中一人開槍打傷朱予娟，馬上分工的一人扛起朱予娟，一人至老街開車，這趟路程用跑的不到一分鐘，駕車逃離現場。

至於栽贓給三重阿熊，是應黑道上某個大哥的要求。何金生攜子帶女到處流亡，處理員雖帶來不錯的收入，黑道一定聽到消息，何金生背後有大哥挺著，對付阿熊是大哥要求的，何況能混淆警方辦案方向。

踩著何氏父子的腳印，淡水不大，舊住處埋進屍塊，不能再住，搬到北投。與房東發生爭執，殺了房東，不能再住北投。綁了朱予娟去哪裡？

奇岩、復興岡、關渡，回南港？

不回南港，何金生在這裡長大，熟人多。

復興崗！

巷弄窄小，舊公寓多，老住戶多已遷走，以前眷村也拆光，房租便宜，離市區近，人來人往不引人注意。

綁架朱予娟是一時的權宜之計，目擊者陳聰明那晚穿拖鞋，快步往馬偕銅像走，深夜，拖鞋的踏它聲音大，何金生父子一急，先帶走朱予娟再說。

朱予娟中了一槍，丙法醫主張留在現場的血液未發現骨質，傷勢不重，何金生父子得救治朱予娟，他們沒弄清警方動作前，手上有人質才心安。幾天下來他們等不及，何金生聽說另有處理員搶生意，殺掉朱予娟，免得成為逃亡時的包袱。

殺人與處理屍體，何金生的時間緊迫。

羅蟄更緊迫，他不能害了朱予娟。

佈下的陷阱三，何金生父子能逮朱予娟，不會放過幾乎追上他們的飛鳥，處理飛鳥比殺朱予娟更急迫。

等他們來。

從北投走到復興崗，一身汗水，騎機車就好了。

啊，那天山上的碟仙趴，用金鎮國學生證的何乃成騎機車，從復興崗騎去金山有段距離，跟蹤刑警羅蟄，布置密室陷阱，得先想好退路……

加滿機車的油！

事前加滿、途中加滿？

電小蘇，當晚復興崗到金山所有加油站的監視器畫面。

「小蟲，你停職了。」

「我是匿名報案的熱心公民。」

「公民都你這樣熱心，我被操死。欸，很多加油站ㄋㄟ。」

「熱心的公民提醒你，你們同事朱予娟命在旦夕，不然，叫你們局長來。」

「奧客，哪天復職？」

「地久天長。不記得齊副局長的名言啊？別理總統、院長、部長那套未定罪前人人無罪的人權說法，對刑警，在排除嫌疑之前，每個人都是嫌犯。我是槍傷老百姓罪證確鑿的嫌犯。」

「你不是嫌犯啦，小蟲，大家只是覺得奇怪你怎麼會開槍打那個白痴。喂，碟仙是不是上你身？」

「我是乩童，溫府千歲的替身，碟仙上我身想神鬼大戰啊？」

◇　◇　◇

男人又來了，經過一天的思考，朱予娟下定決心，如果他脫下褲子玩自己，配合點，勾引他靠近，學校教的擒拿術她沒忘記。

不知他對誰說話。

「馬上處理，你去收拾一下。找到新住處了，等下說。不要下來。對，牛肉麵在桌上，石牌牛董的，麵我剛才煮的，趕快吃，不然爛了你又要罵。」

確定屋內兩個人，另一個從沒到地下室，沒聽過他的聲音。

鐵門打開，放在鐵盤內的牛肉麵用掃帚推到她面前。

不是牛肉麵，是牛尾麵。

「吃麵。」

「手銬能不能換一手，拿筷子不方便。」

「想我再打鎮定劑，好好睡一覺嗎？」

朱予娟裝可憐的樣子，吃麵。

男人坐在對面，眼神淫穢地看她吃。忍住。

朱予娟仍光裸身體，盤起兩腿地吃麵，重要部位以兩腳掩住。男人又露出噁心的笑容。

她小口小口地吃，儘量表現手銬使她不便用筷子。不要臉的傢伙，他用手機拍照。忍住，他會忍不住。露露說沒有男人忍得住，她說的對，每次當男朋友的模特兒，最後都以上床結束。她問過，如果模特兒不是我呢？他傻笑不答。

「腳拿開。」

「不要。」

「叫妳拿開。」

「想要就說。」

男人沒想到她這麼說，她也沒想到自己這麼說。

挪開麵碗，他又邪惡地笑著拿起水龍頭，不會又要洗澡吧。

水柱朝她噴來，乾脆好好洗個澡，今天沒有歐舒丹。她舉高手臂地洗腋下，搓洗耳後，她不顧眼前男人地洗屁股，最後她微微張開兩腿地洗下面。男人看得興奮，沒脫褲子已經摸起褲襠。

「想怎樣做？」

「妳呢？」

「嘴巴？」

「嘿嘿，別以為我不知道妳想咬對不對？你們警察只會爛招。」

「我躺下。」

「想勒我脖子。」

「我轉過身。」

她轉過身地翹起屁股。

男人同一德性，他脫褲子了。朱予娟想出辦法，當他靠近，一記迴旋踢踹他噁心的小老二。

再抖抖屁股。

他過來了，一邊手淫。忍住，對準，一腳踹破他卵蛋。

朱予娟稍微調整重心，身體移向左腿，悄悄踮起右腳。最後一擊，她唯一的機會。

第一次聽到另一人的聲音，是女生。

「哥，你還在搞什麼，他們找上門了！」

◇　◇　◇

下次齊老大會在刑事主管會議上說，大數據庫果然神勇。

小蘇抓到各加油站的監視器畫面，選定時間，鎖定車牌地過濾，大數據中心所有員警目不轉睛地盯著螢幕，他們要在齊副局長面前掙回一口氣。

金鎮國，假金鎮國，何乃成騎進石門國中旁的中油加油站，經過數次比對，再由熱心公民羅螯確認，往回追監視器，淡金路與新市路口見到。再往回，中正路與八勢一街路口見到。再往回，大度路有人與機車的畫面。

齊富親臨監督，小蘇和同事的士氣大增。

「報告老大，從金山往回追，現在追到復興崗捷運站了。」

「怎麼，你們用洗腳盆大的螢幕，不怕看壞眼睛？下回預算會議我爭取換大螢幕，刑事局不能比國防部蟾蜍山作戰中心差太多，人家整面牆是螢幕，我們好歹一面牆得有兩個螢幕。」

小蘇聚精會神往復興崗各個路口的畫面搜索，見到了，何乃成騎他的破機車從巷子內出來，一個人，沒見到他父親何金生。

「這條巷子？」

「是。」

「哪個單位在附近？」

「報告老大，北投分局，還有——」

「還有誰？」

「一位熱心公民。」

「夠熱心？」

「夠。」

「那他杵在復興崗做什麼，等超跑撞電線桿？叫他跑步進巷子，晚一秒，我他媽的要他一輩子恨我。北投分局的跟進，通知交通隊路口管制，小蘇，上你們浪費公帑的電訊偵測車跟我去。」

◇◇◇

羅蟄從政戰學校走到稻香路口，他是模擬者，他是凶手，他選擇老公寓，最好每間房都出租的公寓，沒有老鄰居的情份，彼此不認識天經地義。四周不是小巷子就是狹窄的防火巷，適合逃亡。

稻香路往山上是岔路，一條通淡水小坪頂的國華高爾夫球場，那裡幾年前建了一大批透天厝和大樓，入住率全台最低的社區之一，可以通三芝、陽明山、新北投、沙崙。空屋多。

正要進稻香路，手機響，小蘇尖著嗓子叫。

羅蟄穿過稻香路的路口往前轉進小巷子。

一眼望去，處理員的住處非常醒目，枯萎的植物枝葉伸出公寓二樓的鐵窗柵欄，遮掩對準巷口的監視器。

處理員夠謹慎。

往腰間摸槍，忘記槍繳回局裡了。何金生與何乃成父子至少一把槍，女警朱予娟的警槍。丙法醫說過，淡水那具分屍的水泥裹屍估計用屠夫的剁骨刀砍的，何金生至少有剁骨刀。北投嚴姓房東被亂化鉀毒死，何乃成參加碟仙趴用了一大把迷幻藥，手中至少有能致人於死的毒藥。

沒關係，羅蟄渾身汗臭，即使自己出什麼意外，飛鳥能憑汗臭味找到他。

一樓的大門是喇叭鎖，他拿出工具撬開，屋內沒人，沒聲音。

上二樓，按照執勤規定，必須先警告對方，再秀出服務證。沒時間，熱心公民試著大腳踹門，門虛掩，一股潮味撲鼻而來。屋內空蕩蕩，空到連網路購物的寄送紙箱也不見一個。兩間臥房、浴室、廚房沒人，陽台上安裝固定的監視器鏡頭，空屋沒網路怎麼將畫面傳出去，裝了嚇人嗎？他推開往陽台的紗門，嗚嗚嗚的警報聲大作。

一下子羅蟄的腦子接上線，網路在一樓！

他快步出去，兩階一跳地降至一樓，北投分局閃著藍紅燈的警車剎在他腳前，羅蟄指一樓：

「破門，不然來不及。」

兩名年輕的警員沒要求看他的服務證，倒是斯文地按一樓門鈴。羅蟄不斯文，用力踹開門。果然在一樓，二樓空城計，引追蹤者誤入二樓觸及警報器。

一樓的屋內收拾得乾淨，有人氣，飯桌上一碗吃一半的牛肉麵，剩下麵條。廚房旁窄小的樓梯通地下室，他抓起一把椅子往下扔，聽不到回應，他跳下去。一扇打開的鐵門，門內一盞忽閃忽滅的舊式日光燈管，地面濕的，牆上有鐵桿和點滴架，藥袋與輸送管仍晃著，一角堆放磚頭與水泥袋。

朱予娟曾經在這裡。他們離開不久。

一、二樓沒後門，樓頂呢？

羅蟄再奔四樓，一道木梯通屋頂陽台，上面是鐵皮加蓋的小房間，而隔著女兒牆是隔壁的陽台，羅蟄翻過女兒牆，穿過曬滿的衣服、床單，然後他不得不停住，下面傳來汽車聲，何金生父子架著朱予娟跑了。

朱予娟活著。

◇　◇　◇

飛鳥接到小蘇的通知，由阿財駕車往北投衝。

她覺得一切始於九年前淡水的五十七巷，服膺齊老大的辦案原則：遇到突破不了的瓶頸，別怕，回第一現場，凶嫌遺留下最多證據的一定是第一現場。

巷內未搬遷的老住戶仍不少，一家家地問，幾條過去忽略的重要線索：

・何金生當時攜一子一女，十二歲與九歲。房子下陷露出深坑時，何金生未出面，何乃成出來問鄰居出了什麼事。

・何金生平日喚兒子「成成」，喚女兒「靈靈」。

・和鄰居聊天時何金生透露，三年前再婚，一年前妻子過世，靈靈是妻子帶過來與前夫生的女兒。媽媽死後，靈靈的外婆一度向法院提出靈靈的撫養權，後來不知怎麼的沒下文。

・靈靈長得天真、漂亮，很多鄰居記得她。
・私下搬離淡水那天，何金生先走，鄰居只見到成成與靈靈半夜拖著行李箱離開。
・何金生信道教，參加淡水福佑宮媽祖出巡的活動，他是轎夫之一。廟方不瞭解何金生為何不告而別、不向媽祖燒最後一炷香地消失。

何金生走得匆忙。

輾轉搬到北投，可能房東發現何金生行蹤詭異，並且房租總是遲付，要他搬家，何金生一怒之下殺了房東。

何金生到處逃，沒有人找他，沒有親戚朋友，沒有工作同事，他帶著兒女消失於淡水一帶。

為什麼沒人找他？

◇　◇　◇

齊富站在公寓前，他打量四周環境。

「好懷念的地方。」

「老大住過這裡？」小蘇不能不問。

「預官服役在復興崗的政戰學校受過六周的訓練。」

「難怪。」

「附近的牛肉麵店我從來沒吃過牛肉，窮，吃牛肉湯麵，問過老闆牛肉都賣給誰？猜猜老闆怎麼說？」

「怎麼說？」小蘇依舊不能不問。

「軍官吃牛肉麵，我們學員吃湯麵。我還問老闆，如果湯都賣給我們，軍官吃的牛肉麵有湯嗎？」

「老大，原來你從小就不討人喜歡。」

不是小蘇接的話，小蘇不敢質疑副局長，從阿財車裡下來的飛鳥問的，飛鳥一本刑事局第一槍手的本色，打她長官一槍。

「是飛鳥啊，北投分局搜索附近巷弄，妳怎麼來了？」

「覺得有點不對勁，來看看。小蟲學長呢？」

「小蟲停職，休假了。」

小蟲蹲在巷尾，像路障，像大隻的貓，像個誰忘記搬回家種那種大棵樹的花盆。

「那是小蟲？」

「是熱心公民。」小蘇搶著說。

飛鳥走到小蟲面前，黃昏的光線灑在她的防彈背心，遮住蹲著的羅蟄。

「學長，我想通了一件事，沒辦法證實。」

「我也想通一件事，正請小蘇的同事證實。」

「同一件事？」

「應該同一件。」

電訊偵測車內伸出一個頭喊：

「小蟲，找到了，沒錯，只有何乃成和她妹妹，畫面不清楚。」

羅蟄彈起身往車內衝，飛鳥跟著，小蘇想跟，看看齊富又停下腳步。

「去啊。」齊富不反對小蘇和熱心公民交往。

二樓的監視器品質不很好，汽車用的行車紀錄器，裡面有片小的記憶卡。電訊車內裝備的電腦跑了幾遍記憶卡，下載了五段很短的畫面，有何乃成的，也有靈靈的。他們分別進入巷子，人影模糊，不過看得出是他們。

「抓到何乃成和他妹妹的人像了。」小蘇喊。

「重點不在有誰，在沒有誰。」羅蟄說。

「沒有何金生。」

「熱心公民說什麼啊？」齊富擠上車。

「我出去透口氣。」羅蟄低頭下車。

「飛鳥，說。」齊富看也不看羅蟄，或者說他看到的是空氣，瀰漫汗臭味的空氣。

「老大，何金生死了。」

「誰殺的？妳找到屍體？」小蘇急著問。

「死了九年，是吧？」齊富冷冷地問。

「是，塑膠袋包、分屍成七塊、扔進灌水泥的洞裡。」

「那是何金生？何乃成殺他爸？」小蘇不相信。

「從頭到尾全是何乃成，殺何金生、殺北投房東、殺老人的處理員、綁架朱予娟，全是何乃成。」

「老大早猜到？」飛鳥這次沒打槍。

「不可能，何金生死於九年前，何乃成才十二歲。」小蘇不以為然。

「十二歲，小朋友早熟，十二歲能抽菸喝酒，我見過十二歲上網約炮的。」齊富斜眼看小蘇，「你十二歲做什麼？成天吸奶嘴，自己會換尿布？所以你長大變成好人，站在我這個老好人這邊。」

「老大，凶手就是何乃成，涉及殺人、綁架、下毒多項刑事罪，可以發通緝令了嗎？」飛鳥急，她是這星期台灣最急躁的刑警。

「不要急，他手上有兩個人質，朱予娟和他妹妹，當心，窮寇莫追，得慢慢地縮小包圍圈。本來我擔心朱予娟的安危，現在何乃成暫時不敢對她動手。誰發現的？」

「外面的熱心公民。」

「我說嘛，台灣除了疫情控制得好，治安更好，因為熱心公民多。飛鳥，請外面的熱心公民吃牛肉麵，叫人帶一碗給老丙。媽的，老小子成天就是吃，不吃會死啊。」

「老大，」飛鳥認真的看齊富，「不吃真的會死，餓死。」

「醫生都這麼說。」小蘇居然不怕死地補一槍。

「我猜朱予娟沒死，地下室的磚頭和水泥，何乃成一定想砌一堵窄牆，把朱予娟埋在裡面，還好我們趕來。」小蘇說明。

「小蘇，找人敲地下室的牆。」

「報告老大，敲牆啊？」

「聽你說『還好』，我想到說不定牆早砌好，留下磚頭和水泥騙你以為還沒砌。」

「這樣喔。」

「朱予娟健在，他妹妹也在，何乃成帶兩個女孩，往哪裡跑？」

在場所有穿制服的、不穿制服的都低頭不出聲。

唯獨一個不低頭，但也不出聲。

「你，就你，說。」齊富終於把熱心公民當正常人。

「報告齊副局長，有個條件，我能走一遍現場嗎？」

「不錯，現在的公民都有證據至上的意識。小蘇，帶他走一遍，不准碰任何東西，蟑螂、掃把、馬桶裡狗屎都不准碰。」

羅蟄認真地走一遍，從空蕩蕩的二樓陽樓往屋內，走樓梯到一樓，看了屋內的兩個房間、半開放的廚房、老舊的熱水器、浴室，他甚至看了馬桶的水箱。最後走回客廳。

「小蘇，吊燈上面有東西。」

圓盤狀的吊燈，剛才羅蟄試過開燈，不亮。客廳內僅有的光源，沒人能忍受它不亮，而且看起來只要換燈泡就好，說不定根本忘記裝燈泡。

小蘇端椅子登高，從燈內拿下一個食指長的隨身碟，

「誰會把隨身碟藏在吊燈裡？」他不怕電腦中毒地將隨身碟插入筆電，「何金生女兒曾又靈的照片集，從小到大。她幾歲跟媽媽嫁到何家？」

「九歲吧。」

「難怪，你看。」

無論公民多熱心，也不能伸手觸摸現場任何證物，包括死蟑螂、吸塵器和馬桶內的狗屎。小蘇翻頁給他看。

曾又靈每個角度的照片，她趴在陽台看外面的背影、她吃麵的側面、她塗了白色指甲油的腳、沒有她的孤單書桌、汽車廢氣後面她和同學步出學校的影子。可能從九歲到昨天，記錄曾又靈成長過程。

「何金生疼愛他的養女。」

「小蘇，這麼清純的女孩，你也會疼愛？」

「嗯，每個人都會，她的哥哥也會。」

他得回去見齊富，他是熱心的公民，為警察服務到滿意為止。

「老鼠仔有消息，」他報告，「老鼠仔就是模擬者的中間人，三七仔。」

「說。」

老鼠仔傳來訊息，委託人姓徐，六十三歲，腦瘤，希望以一百萬的代價請處理員殺自己。老鼠仔老江湖，幾句話套出來，徐先生被資遣多年，得腦瘤後決定以老命換保險金，條件是必須殺得像被人謀殺，若是查出自殺，就拿不到保險金。

本來談得好好，忽然一旁傳來另一個男人聲音，估計是他兒子，說「那邊同意了」，徐先生立刻切斷電話。

「意思是？」

「齊長官，已知黑道上有兩個處理員，真的是何乃成，假的本名叫羅蟄，徐先生透過中間人——也是真的中間人，不是假的中間人——找上何乃成，大概沒談成，不甘心地到處打聽還有沒有其他處理員，幾經轉知地和老鼠仔——假的中間人——聯絡上，看來何乃成急著要錢，接受徐先生的條件搶回生意，徐先生馬上切斷與老鼠仔的通話。我，某熱心公民推測，何乃成急需要錢，要跑路了。」

「很好。不能讓他跑了，徐先生留下聯絡方式？」

「是，他用手機打老鼠仔的手機，小蘇一查就知道。」

「叫老鼠仔把徐先生的號碼傳來，我們守在這位不要命的徐先生家裡，誰來殺他，我們逮誰，螳螂捕蟬的意思。」

羅蟄放下手機：

「不在家裡，徐先生又倒了，在醫院裡。」

「你們還等什麼？」齊富吼得所有人跳起身往警車衝。

4

「他密室來，我們密室去。」齊富嚴肅地分工。

小蘇派兩名同事扮成清潔人員先進病房掃瞄室內有無對外傳送電訊的監視器，冷氣口內一隻，和復興崗何乃成住處二樓陽台裝設的同一型號。

留著監視器，勿打草驚蛇。

徐先生住一間六張病床的二等病房，由他兒子陪著。齊富與檢察官找醫院院長商量，病房內四名病人，到時情況多變，不能保證會不會傷及無辜，決定以檢查、到一樓散步的藉口，要三名病人離開病房，換成三名穿上醫院綠色睡衣的刑警，兩名女性看護也換成身材差不多的女警。醫院內強制戴口罩，對警方的李代桃僵有利，而且一進房即拉上隔簾避免被監視器拍得太清楚，避免徐先生兒子發現怎麼換人了。

進入病房右邊起為一號病床，徐先生躺在靠窗的三號病床，掛呼吸器、點滴、罩在阻隔細菌的防菌套內，怕新冠病毒侵襲重症患者。

三十歲的兒子睡在床邊的摺疊涼椅，看來很累，早早蓋上毯子睡覺。

除了男女五名刑警布置於徐先生病床周圍，小蘇守在中控室，監視大門、電梯、七樓走廊、護士站，另兩名女警扮成護士守在櫃台內，離病房不遠。

擔心窗戶是漏洞，對面大樓安排配夜視鏡的狙擊手監視周邊。

「很好，」齊富也坐在中控室，「看處理員怎麼進我們布置的密室殺人。」

等待永遠使人焦慮，齊富嗑了兩個台鐵的排骨便當，用掉十幾根牙籤剔牙。外面的刑事人員分別待在車內，小聲地啃便當裡的排骨，他們學老鼠那樣地啃，學老鼠那樣地連眨眼皮也眨得飛快，讓何乃成跑掉已經夠丟臉，這次不能再輸。

深夜的醫院一向帶點史蒂芬金的色彩，周圍不見人，倒是夜霧來的季節不對，路燈昏暗，瀰漫的水氣對降溫沒有幫助，反而更令人衣服黏貼皮膚地難過。急診處亮著無聲的紅色十字，自動門偶而開闔，飛鳥與阿財領四名幹員守在急診處內，今晚醫院封鎖所有門戶，只留急診處。

齊富未要求其他單位支援，媽的，刑事局丟的臉，刑事局找回來。

還有一人遠在辛亥隧道口待命，台北市相驗及解剖中心的丙法醫，他本姓昺，上日下丙，光明的意思。不是齊富請他待命，而是他仍忙著對幾具屍體再做一次檢視，而且他隱隱覺得這晚說不定還會送一具來。

唯一希望生意不好的，全台北大概就只剩光明的丙法醫了。

熱心公民坐在小蘇的通訊指揮車內，他沒有排骨便當，得自費去全家便利店買涼麵。無所謂，羅蟄對著醫院中控室傳來的六個畫面細嚼慢嚥。他想很多，卻又想得紊亂。醫院內一向鬼影幢幢，今夜出奇地安寧，飄的、蕩的全不見蹤影。

不太尋常，民間傳說鬼怕警徽與警槍，或許是真的。

過了十二點，羅蟄下車伸懶腰，忽然他想到什麼，戴上演藝人員躲粉絲用的特大號口罩朝急診處走去。中控室透過每名勤務人員身中的耳機提出警告，飛鳥在門口攔住他：

「你幹麼？」

「不太對勁。」

「哪裡不對勁。」

「氣氛不對，感覺不對。」

「喂，別對我耍乩童那套。」

「妳對齊老大說，查過病床上躺的徐先生沒？」

「什麼意思？」

「老大懂。」

齊富當然一聽就懂，他扔下剛捧上手的第三個冷排骨便當，人從椅子內彈起，俯在小蘇臉孔旁：

「叫小陳去看看三號病床，叫大家別聲張。」

小陳是扮成護士的女警，一向機靈，她推金屬醫療車先進其他病房，做深夜侍候病人吃藥的樣子。

她進了密室病房，她看了一號、六號病床，跳過沒有病人的二號，她掀開簾子走進三號病床，檢查點滴，檢查氧氣，好像氧氣出了問題，她拍拍病人徐先生，小心地拉起防菌罩，小心地拉起徐先生的氧氣罩——

病人竟然兩手護住氧氣罩不讓護士拉下！

「行動！」齊富冷靜地對麥克風下指示。

病床上的刑警、扮成看護的女警、搶進來支援的護士、守在各處的警車、狙擊手打開探照燈。

與小陳搶氧氣罩的不僅是病人，病人的兒子也加入，四隻手全力推開護士。

可以理解，病人不能沒有氧氣，怎能被搶走——

密室破功了，當刑警架開病人兒子，壓制病人的手腳，小陳取下病人的氧氣罩時，齊富罵了聲：

「我操。」

他沒罵任何人的意思，罵的是自己。

躺在病床上不是奄奄一息的癌症重症患者，是他的妻子。

「怎麼可能？」飛鳥從耳機內聽到訊息。

「不是徐先生對不對？」

「他在哪裡？」

「飛鳥，快上車，去徐家。」

◇◇◇

阿財開車，車內沒有音樂，沒有交談，連冷氣也配合得不出一點聲響，六隻眼睛牢牢盯住前方。

他們被耍了，徹底被當成猴子，用幾顆花生米耍了。

車子駛進吳興街小巷子，羅蟄顧不得停職的身分，三步兩步闖進徐家，門沒鎖，屋內漆黑一片，飛鳥推開羅蟄，兩手握槍，阿財跟進，他一手握槍，一手持手電筒地掩護飛鳥。大門正對面是主臥室，飛鳥以腳尖頂開門，阿財的手電筒與槍口閃進去，徐先生躺在床上動也不動，他的胸口插著長柄的獵刀，鮮血染紅半張床鋪。

羅蟄打開燈，床頭櫃上只有一包用了一半的衛生紙和水杯，慈佑宮的平安符平穩地躺在徐先生頭旁的枕頭邊緣，像枚勳章。

5

失敗的感覺很差，更差的是令他們任務失敗的徐家三口人，妻子、兒子、媳婦舉香跪在解剖中心大門口，哭聲裡包含痛苦、懊悔、感念與不安。

處理員來電指示徐先生住院，當兒子辦妥手續，處理員再來電要徐太太去住院，兒子陪著。當徐太太母子住進病房，最後一班住院醫師剛結束查房，他們躺上床，準備第二天一早接受醫生診治。

羅蟄稱自己是快遞送貨員問徐先生在嗎，要送貨。女人聲音回答的：

他剛進醫院。

回答得連測謊器也畫不出彈跳的線條。

徐家準備好了，一切聽處理員的。

徐先生的兒子掩住眼淚提供處理員的手機號碼，期盼警方同情他們不得已的處境。頭上抹了洗髮精，不能不洗下去。

所有人甩下徐家的問題，幾輛警車往三重急駛，同時三重分局包圍著名的鐵工巷，這裡一式呆板的四層樓公寓，外牆二丁掛剝落，鐵捲門帶著鏽斑，多年來一直用作工廠，一樓擺滿打造螺絲、鐵桿的車床，四十年來一度沒落，拜疫情之賜，自行車全球暢銷到缺貨，車子零件更燙手，天沒亮，巷內已四處此起彼落皆為機器聲，間雜焊槍的火光。

菜頭是鐵工巷土生土長的厭頭囝仔，不肯好好學做工匠，十七歲出入賭場、鳥仔間，退伍後領幾名小弟，算半個黑道，傷害與勒索前科坐過三年牢。三重分局認為逮捕菜頭得花一番力氣，巷子內的住戶不是親戚關係，就是生意夥伴，菜頭是他們的親人。

意外地，當齊富率人抵達，由分局長陪同至四樓一間到處是菸蒂、酒瓶與藥丸的屋內，四名已控制現場的霹靂小組槍手朝兩旁讓開，菜頭赤裸地躺在床上，胸口插了和徐先生一樣的長柄獵刀。

當然，齊富見到枕頭上的平安符，松山慈佑宮。

往日本而去的颱風裙襬掃過台灣東部和北部，帶來一陣陣傾盆大雨，雨滴打在臥室的毛玻璃，蓋過一樓車床的轟隆聲。他們聽不清混在雷電裡徐家的哭泣，他們為逝去的父親還是為父親以生命換取的代價即將不保而哭泣？

台灣古諺：一雷破三颱。打雷意味颱風不會來，可是這幾年颱風夾著雷電而來不再新鮮，世界變了，地球的軸心歪了，尤其今年，庚子年，新冠肺炎元年。

載屍體回解剖中心，丙法醫一聲不吭，徐家母子三人仍跪在門口，天亮了，齊富勢必得做出決定。他要決定的事情太多，當下得先解決徐家的家屬，警方若宣布徐先生死於自己雇用的殺手，拿不到保險金；警方若說徐先生死於謀殺，家屬能拿到保險金，但必須解釋怎麼個謀殺法。

齊富不擅長說謊，他壓根不肯說謊。當長官，當老大，光是以身作則的道德壓力夠嗆人的了。面對徐家三人，他們失去家長，失去一百萬元的處理員費用，他們什麼也沒有了，剩下對保險金的期盼而已。

看樣子齊富已下定決心，他的座右銘是：跟著證據走。

很多人以為齊富口中的證據是姓鄭的一位性感美女。

「來，吃早飯，仁慈的丙法醫請客。」

齊富沒拿飯糰。

「哎，老齊，你當局著迷，徐家的事談不上和法律的衝突，到現在找不到凶手殺人的證據，連中間人菜頭也死了，怎麼判定徐先生雇人殺自己？吃飯吃飯，凡事吃飽才有力氣思考。」

「吃飽？」齊富瞪大兩眼，「吃飽想睡覺，思考個屁。」

說歸說，齊富仍接下向膽固醇挑戰的大飯糰。

「你法醫，驗出什麼偉大結果協助警方破案？」

「徐先生一刀斃命，沒懸念，我的困惑始終在第一具屍體，分成七塊的何金生，怎麼看都不像謀殺，像自然死亡。」

「沒人殺何金生，他死了，自己裂成七塊，兒子窮到買不起靈骨塔一小格位置，將就地朝坑洞裡倒，追不上垃圾車地偷偷丟廚餘？」

「不，」羅蟄攔住飛鳥想嗆回去的衝動，「朱予娟先追出何金生一家三口搬家之謎，我們循她腳印追到北投，追到復興崗。何金生死了，老大，我們暫時忘記他，得想何乃成帶他妹妹和朱予娟會去哪裡？」

「他妹妹？叫什麼名字來著？」

「靈靈，他們鄰居說的。」羅蟄接口回答。

「本名曾又靈，戶籍資料上的名字。」飛鳥補充。

「何金生姓何，女兒姓曾？」

「何金生再婚，妻子也離過婚，離過兩次，曾又靈是她第一次婚姻生的，女兒的父親姓曾，之前有個哥哥，不幸么折，這是她叫又靈的原因。」

「好吧，曾又靈的母親過世，她親生父母的家人沒要求過撫養權？」

「有，曾又靈母親的母親，她阿嬤提出過撫養權的要求，不知為什麼撤回，從此曾又靈一直跟著何金生。」

「關係真遠。」

「不遠。」羅蟄扭頭問小蘇：「查出來沒？」

「查出來了。」

「查出來為什麼不講？查出什麼？你他媽嘴巴長痔瘡！」

「報告副局長，何金生兩個銀行帳戶，一個是第一銀行的，幾乎沒有轉入、轉出的紀錄，另一個金山農會的，很奇怪，這幾年大筆金額轉入好幾次，轉入不到兩小時再轉出。」

「兒子用死掉老頭的帳戶？轉去哪裡？」

「轉到曾又靈的帳戶。」

「何乃成不能不帶他異母異父的老妹到處搬家，因為錢全在妹妹帳戶裡？」

「對不起，」飛鳥難得地認錯，「我們忽略了他妹妹，以為她才十八歲——」

「何乃成也才二十一歲，要命，我混了六十多年，鬥不過二十一歲的屌毛沒長齊的小屁孩，像話嗎？曾又靈的阿嬤呢？」

「報告長官，」羅蟄將手機送到齊富眼前，「曾又靈阿嬤住在阿里山。」

「阿里山？」

「從何乃成這幾年搬遷的路徑來看，他和何家親戚應該沒有來往，曾又靈那邊就不知道，我想當年阿嬤提出撫養曾又靈的要求，祖孫感情應該不錯。」

「阿里山？」齊富啃起飯糰，「阿里山很大，不過也沒那麼大，追查曾又靈阿嬤住址，飛鳥和阿財去，小蟲繼續休假等督察室的指示。」

「老大，我——」

「去，小蘇待命，我們隨後出發。」

齊富當然沒「隨後出發」，警政署發新聞稿，考量「處理員殺人案過於複雜且牽涉多條人命」，決定組成跨單位的專案小組，由刑事局長出任召集人。

明眼人看得出，齊富辦事不力，被掛到曬衣竿的另一頭，接受風吹日曬，各級長官偶而經過地噴點口水，假以時日說不定成了臘肉、香腸。

飛鳥與阿財開車進入嘉義縣時收到通知，兩人沒說話，新的專案召集人有什麼指示很難推測，但已經到了阿里山的山腳下，沒倒車回台北的理由。

車子停下，飛鳥換到駕駛座，關上車門，將阿財撂在台灣好行的巴士站牌旁。

「財哥，你不必和我一起違反規定，我一個人上去，你回台北，對局長說我不聽你勸告。」

來不及回答，飛鳥已經用力踩油門地消失在薄如透明紗簾的雨霧中。

阿財難得地毫不氣憤，他心情平靜得可和檳榔攤打盹的阿婆相比，抽起菸如同習慣對月亮嗥吼的野狼，他仰起臉伸直脖子吐出一大口濃煙，摸出手機地往聯絡簿內挑選名字，網路上挑餐點似的。

少了齊老大，少了最大的後援，他們各自像斷了線的風箏飄在標高兩千多公尺的阿里山山脈邊緣，往東一點是標高四千公尺的玉山山脈，往北一點是標高三千八百公尺的雪山山脈，飄吧，一不當心他們會飄得不見蹤影。

他們是刑事局的孤兒。

兵荒馬亂之際，沒人留意另一個斷了線的風箏，羅蟄早坐高鐵往嘉義，也飄哪。他違規離開台北、違規自行調查處理員案、違規未去向關老師報到，他是飄得最不著邊際的風箏，其實他可以待在台北，窩進小公寓內猛吹冷氣地消暑，說不定督察室同意他回台南探視父母，他卻不向督察室請示即登上高鐵。

幸好風箏肚裡明白，他得上阿里山，得找曾又靈的阿嬤，這不是乩童與碟仙戰爭的延續，他只想救出朱予娟，再說被停職的刑警沒什麼好損失的，充其量記過，延後升職的時間。

很少如此沮喪過，飛鳥傳來老大被調離專案小組的消息，沒有齊富，身為刑警仍得往前追查，伸出去的腳不能收回來——咦，老大怎麼形容的？

坐上馬桶得拉屎，捧起飯碗得吃飯。

對，老大還說：

「你們這些小ㄅ一ㄤ穿上警察制服別想後悔，警察這行業只能往前，學的專長在其他行業沒半點屁用，不信你們打聽打聽，退出警界除了當保全還能幹什麼？賣保險都得考執照。往前，記住，儘管前面升官發財的位置不多，至少別辜負你們最初考警校的熱情。操，懂什麼叫熱情？」

懂，熱情是：

扭了腳有跌打損傷大國手，中了彈有健保，沒老婆也有充氣娃娃，我們絕不放棄希望。

手機響起鈴鐺聲，

「小蟲，怎樣？不是停職了？」

「停了。」

「在哪裡？」

「高鐵。」

「到嘉義？」

「天華哥，你多一張床嗎？沙發，可以接受。」

「哈，小蟲，你知道我在哪裡嗎？」

「阿里山分局不是嗎？」

「曉得阿里山分局每天做什麼？」

「抓森林裡盜砍樹木的山老鼠？」

「不，維持秩序。前幾個月疫情嚴重，現在爆發報復性旅遊，滿山滿谷的觀光客，旅館預計客滿到十二月，不知道報復什麼。不要搭開往奮起湖的小火車，沒票了，搭台灣好行的巴士，從嘉義高鐵站直接上山，快用手機訂票，現在什麼都得搶，搶火車票、搶蛋黃酥、搶上阿里山的直達巴士票。山上的人多得像西門町，來了你就知道。對，老大怎麼樣？」

「聽飛鳥說被警政署掛掉了。」

手機傳來風聲、蟬聲，隔了一陣子才恢復人聲：

「因為被處理員耍了？」

「朱予娟還在他們手裡。」

「來了再說，我準備裝備去。」

第四部

「死亡應該是件美麗的事，走完悲歡離合的人生，了無牽掛地揮揮袖子不帶走一片雲彩，留給記得你的人一點回憶。不該這麼複雜，操，搞得稀里呼嚕像皮蛋瘦肉粥。」

——刑事局副局長齊富

1

羅蟄在阿里山森林鐵道的沼平站下車，嘉義分局的石天華等在月台，重重扔下一口看來裝滿石頭的沉重登山包。

「換裝備，需要雨衣、防水登山鞋、頭燈，山上降溫，飄雨了。」

不囉嗦，羅蟄進廁所換了衣服，扛起背包，跟隨石天華出車站，經過阿里山閣大飯店一路往北，不多久進入鐵道旁的塔山步道窄徑，雨勢漸大，前方迷濛一片。多久沒來阿里山了？羅蟄想起來十一歲時學校畢業旅行來過，坐小火車、巨大的神木、蔚藍的天空，記憶如眼前的雨霧般，看得出形狀，卻看不出內容。

走了一小段泥路即踏上鐵軌間的枕木，他們走在往祝山的路段上。阿里山森林鐵道的祝山線專供觀賞日出的遊客服務，所以發車時間依當天日出時間而定。這天僅兩班，四點三十分與五點十分，上午九點十分收班，因此走在軌道不用擔心躲火車。

台灣鐵道採窄軌制，清朝時代接受英國人建議採用一點零六七公尺的軌距設計，和日本相同，馬關條約後日本人占領台灣也就未修改為一點四三五公尺的國際標準軌距。阿里山森林鐵道建於二十世紀初，主要運送木材，軌距僅零點七六二公尺，日本人稱為輕便鐵道。

踩著枕木往前行很快變成單調乏味的旅程，一步跨兩根枕木太遠，一根根地踩又限制了速度，離開枕木則盡是泥濘。鐵道左邊為懸崖，右邊是山壁，沒有其他選擇。

他們的行動，因雨勢與枕木而受限，幾乎抬不起頭。

十多分鐘後鐵道分岔，往右，鐵道大迴旋地往南去祝山站，往左是通往石猴車站的眠月線，一九九九年的九二一大地震受損嚴重，修復中再遇到二〇〇九年的八八水災，多處崩塌，目前呈封鎖的廢線狀態。

石天華終於停下腳步：

「左邊？」

「對。」

「不考慮？交給我比較單純。」

「吃了麻辣鍋，總得拉肚子，還是我去吧。」

「哈哈，丙法醫說的？」

羅蟄歪頭想想：

「應該是。」

「接下來手機訊號很差，我們是軌道上明顯的目標，對手守在山裡等，還不知道朱予娟的死活，沒有後援，真的走下去？」

「沒有退路。」

石天華一向不多話：

「那就闖了。」

不多久，他們面對鐵道的斷裂區，必須靠釘於岩壁的繩索與馬蹄鐵環攀越，不幸地，雨勢增大，泥水如瀑布般傾瀉而下，雖看得到斷崖對面眠月線的一號明隧道，卻很難通過。

「他們果然在這裡。」

羅蟄蹲下看腳印，起身抓把潮濕的空氣嗅了嗅。

「聞到了，領先我們大約五百公尺。」

石天華好奇地看他：

「你以為只有你看過齊老大那套唬弄菜鳥的假掰遊戲？」

羅蟄摸摸鼻子。

「氣氛太悶。」

「你悶？小蟲，你嘛卡好，飛鳥對你有意思，你不敢追。台北市警局叫你去，宏圖大展，你不去。小蟲，你是悶騷。」

「大家都這樣說，其實我才能不足，不妄想太高貴的東西。」

帽簷下石天華的眼神沒離開羅蟄，不過不再追問。

「屁話少講，你是怕壓力。沒看過這麼年輕的小朋友怕壓力怕成這樣。你的事，我懶得理。我帶路。」

抓住繩索，石天華果斷地往下垂的山壁落腳處踩下。斷崖約三十公尺，不長，可是得挺住嘩啦啦打到頭頂的泥流，勉強可踩的突出岩石變得既滑且看似鬆軟，每向前踩一步，得先試試石塊的穩定度。

當兩人攀至對面的隧道已全身濕透，羅蟄回頭望一眼，不太對勁，水勢隨雨勢增強，回程時可能找不到能落腳的地方，說不定再形成小規模的土石流，沖掉目前可勉強通行的狹徑。

他們抵達眠月線第一座明隧道，長約兩百公尺，雖然擋雨，細流照樣穿過水泥縫隙滲進隧道內，路面滑溜難行。

找到同樣三個鞋印，這次羅蟄拿出軟尺一一量了尺寸。

「這條路線最近紅，來探險的觀光客不少。」

「新的鞋印，三個都符合鑑識中心提供的資料，不會錯。」

「小蟲，你真有點刑警的樣子了。」

「以前沒有？」

「以前乩童的成分高些。」

回到軌道間的枕木，於大雨中掙扎三十分鐘，遇到第二座明隧道，較短，約六十公尺，石天華解下背包。

「休息。」

「沒時間休息，他們已經——」

「休息。」

石天華堅定的語氣令羅蟄不能不服從，畢竟他是學長，也是前輩。妻女車禍死亡後，石天華對考績、升官不再感興趣，因涉及酒後駕車，他是帶著污點的警察，用丙法醫的說詞：永世不得翻身。果然之後幾年流浪於各地警局，從新北市山區的平溪派出所加入齊富的「菜刀連續殺人案專案小組」，成功破案後，石天華贏得長官的讚賞，可是不願留在刑事局，又輾轉流浪到嘉義。

「小蟲，把來龍去脈說清楚，再往前不能開玩笑，眠月線最長的山洞，四百多公尺，中間有段崩塌，不知道情況怎麼樣，說不定得挖泥石才過得去，如果處理員守在落石後面，一人一槍，我們連還手的機會也沒。」

他看看隧道外的大雨：

「過了山洞是廢棄的塔山車站和另兩座山洞，接著是林務局編號第十一的橋樑，架在山壁，這種天氣，踩空一步掉下去沒命的鐵道橋。該高興的是還沒聽到槍聲，看起來朱予娟沒事。我們準備一下，燈、槍、鞋、繩、夜視鏡。」

手機沒訊號，不知不覺天已經黑了。

「看到最新的人事公告，齊老大調閒差，你停職，派出所的同事說接到通知，上面要飛鳥馬上回台北報到。我問了問，專案小組鎖定新北市各轄區擴大搜索何乃成，你們不待在台北跑到嘉義，你違反規定，飛鳥根本抗命，都不想混了？」

羅蟄忙著調整背包肩帶：

「天華哥，朱予娟還在他手上，顧不了太多。」

「你們比專案小組聰明？」

「和何乃成交過手的是我們，新的專案小組沒有。」

「憑什麼確定何乃成和兩名人質在這裡？他的個子不高大，帶兩個女生，其中一個還是女警，發神經跑到山裡躲警察？」

「何乃成和他妹妹曾又靈的感情很深，另外，何乃成所有的錢不敢存在自己名下的帳戶，怕被警方查到後封存，每一毛錢都轉進妹妹帳戶，不跟妹妹，他能去哪裡？」

「有點意思。曾又靈的錢存在阿里山？」

「她阿嬤，母親的母親住在阿里山，一度申請曾又靈的撫養權，證明祖孫關係不錯，何乃成無處可以去，帶妹妹投靠這位阿嬤，以為神不知鬼不覺。」

「我查過，她輕微失智，縣政府社會局和鄰居照顧她，曾又靈找她能幹麼？」

「你知道阿嬤失智，我也知道了，一路被哥哥何乃成領著逃亡來到阿里山的曾又靈幾年沒和阿嬤聯絡，她不知道。新增境移入三名新冠病毒患者，防疫中心要求加強管制，你們封鎖了國家公園的進出口，搭乘巴士要看身分證，搭火車訂票採實名制，開車呢，得有入山的通行證，他們發現阿嬤失智由縣政府社會局照顧，不能不離開，卻被卡在阿里山，只有一條路可以避開檢查地出去，溪阿縱走的山路到衫林溪。何乃成很精，來之前一定研究過阿里山環境。再說，腳印不會錯。」

「你從台北一路追來，你說了算。出發，我先，你在後面保持十步距離。」

「天華哥，你不用去，違反規定。」

「哈，我當然不用去，我休假中，兩天前開始休的，一共四天，前兩天洗衣服、拖地、為自己煮飯，每晚半瓶酒，快樂中少了健康，剩下兩天，計畫到處走走吸收芬多精，我愛走眠月線、祝山線，我愛走海平線都不關警政署的事。還有呀，上級沒給我指示，沒叫我銷假上班。」

「我們──」

「沒想到來了你這位不速之客，真他媽的歹命，遇到雨天已經夠衰，還遇到背個溫府千歲到處趴趴走的乩童警探，好好的休假搞成學長學弟聯誼會，就差沒烤肉配啤酒。」

「那，我走前面。」

「你路熟嗎？天龍國的。」

石天華調整攀岩用的頭盔，幸好有它，過斷壁時被形同瀑布的土石流頻頻砸頭，恐怕早已頭破血流被捶下山。

「小蟲，你在後面用手電筒照路，只照地面，別照星星。」

他們再回到枕木，不久通過四號山洞，站在十一號橋樑前。羅蟄花了一點時間調整心情，悶悶的，什麼事情忘了做的感覺。

鐵道橋由木架支撐，懸空於岩壁旁，風雨大到人站不穩，非用頭燈照路不可了，等於兩個畫了紅圓圈的大槍靶架在橋上任人瞄準。

「何乃成不習慣用槍，可能只有一把槍，朱予娟的警槍。」

「謝謝小蟲帶來好消息，希望當初讓警察配BB槍就好了。」

手電筒搖晃的光線照著兩邊沒有護欄的架空軌道，石天華剛踩上第一根枕木，後面傳來聲音：

「你們什麼意思！」

飛鳥的聲音。

2

「哈哈，一個人喝咖啡啊，喝咖啡是同情，喝茶是陪伴。忘記哪個心理不正常作家寫的。」
「喝紅豆湯呢？」
「那就膽固醇啦。」
老丙提外帶的餐廳紙盒來，打開後一股蒸氣冒出，四枚餡餅。
「還有綠豆稀飯，加點糖，大熱天吃最好。」
「加糖？不怕膽固醇？你螞蟻啊。沒小菜？」
「吃餡餅要什麼小菜，挑剔！」
「上日下丙，小氣的意思，你日丙昺法醫就是小氣。」
「恭禧，調離專案小組，警政署長被處理員搞得氣血不順，提早更年期。喂，老齊，新北市警察局長挺你，贊成處理員不會留在他轄區。」
「他逃去阿里山、太平山，他逃去火焰山也不關我的事。」
「逃去火焰山的是芭蕉公主。」
齊富抓起一個餡餅停在嘴邊：
「上日下丙的小氣鬼，存心來抬槓？」
「不，擔心小蟲他們，經過刑事局，來問問。」
「不聽指揮，擅離職守，我要是刑事局長，小蟲當場革職法辦，飛鳥記大過兩支，阿財調去馬祖。」

「石天華呢，調去南沙島天天曬太陽、潛水、釣魚？」

「天華怎樣？」

「齊副局長被打入冷宮，局長封鎖你的消息？嘉義警察局的石天華居然跑去休假，不曉得來幫忙，真是的。」

「人家休假你看不順眼，你也休啊，你休到死也沒人管。媽的，疫情嚴重，各國鎖國，天華能去哪裡？」

「去阿里山。」

「阿里山在嘉義縣，老丙，等同你去爬爬信義區旁邊的四獸山，有什麼好大驚小怪的。」

「聽說他和小蟲背了背包去走眠月線。」

「很好，有益健康。」

「阿財最後傳回來的訊息——」

「飛鳥也上阿里山，追小蟲，擔心他被天華拐了。」

「你都知道？」

「我是齊老大，把我關進綠島，照樣知道警政署長家今年中秋節收到幾百盒月餅、幾百罐茶葉。」

「裝蒜弄我？」

「沒事幹，你來正好，弄弄，不然日子也是得過。」

齊富大口吃起餡餅，油汁順他嘴角往下流，即將落到襯衫的瞬間，他左手手背一抹，林哲瑄接外野高飛球，球到手套到，保全了襯衫的潔淨。大家知道襯衫是齊媽媽洗的、燙的、摺的，不能出任何狀況，否則齊老大回家會死得不太好看。

「聽講局長在專案會議上大發雷霆，限時逮捕處理員，局裡雞飛狗跳。怎麼，你們當長官的面子比真相重要？不信小蟲和飛鳥的推測，非得固執自己的主張？」

「老丙，別挑撥我和局長的關係。何乃成脅持人質進阿里山也屬於推測，不能肯定他逃去那裡。小蟲和飛鳥的確違反命令，此風不可長。更重要的，糖在咖啡台，幫我加進綠豆稀飯攪攪，沒見到我正忙啊。」

說著，他抓起第二枚餡餅。

「你打算怎麼辦？」老丙拌著糖與稀飯。

「服從領導是警員的天職。」

「所以你打算坐在台北看阿里山發生什麼事？」

「加糖，沒叫你加一噸糖，想害我血糖破表是吧。」

「處理員心黑手辣，連幫他經紀的菜頭也一刀斃命，你不怕小蟲他們出事？」

「各人生死各人了，我沒叫他們上阿里山。」

「不太像齊老大的說法。」

「像，像極了。操，老丙，你腦子裡到裝什麼？豆花？局長搞不清案情發展，被急著想表現的署長指派擔任專案小組召集人，他四肢無力、頭昏眼花，聽下面人的說法，信口胡說下了指示，凶手戀家，捨不得離開北投、淡水？要是我去阿里山逮了人，他堂堂局長怎麼領導刑事局？用點你腦殼裡的臭豆腐，我做什麼都會害死局長學弟，他人不錯，待我恭敬有禮，不能對他做不厚道的事。」

「說穿了自私，保全你學弟的局長官位，犧牲小蟲他們小朋友。」

齊富不說話了，他握著咬了一半的餡餅陷入重重思考。

「你的局長不重要，小蟲他們不重要，你老齊的後悔最重要，後悔到生不如死，良心像起司，被老鼠啃得一個洞一個洞。」

齊富再恢復動作，大口將剩下半個餡餅咀嚼乾淨。

小蘇神色慌張地闖進來：

「老大，他們的手機全無訊息，只鎖定在阿里山國家森林遊樂區的東北部，老大說的眠月線沒錯，嘉義警局說天候不佳，直昇機無法進入山區搜索，阿里山分局確定飛鳥進去了，還有，阿財比她先一步進去。」

「很好，小蘇，要吃丙法醫送來的餡餅嗎，牛肉的，不是人肉的。」

齊富得意地大笑，小蘇皺眉地離開，丙法醫釋懷地坐下以蓮花指捏起一枚餡餅，

「原來都在齊老大掌握之中。」

「不然怎麼當老大。」

「直昇機進不去，你怎麼辦？」

「進不了山區，進得去停車場。」他兩手往大腿的褲管抹抹，「很好，我出馬了，綁架他媽的學弟局長上阿里山，讓他開記者會宣布破案，做人，不能做得太難看。」

「哇，老齊，你真會拍馬屁。」

「不然我這個老芋仔怎麼當得上副局長，而且，」他站起身，兩手插腰地伸直腰桿，「非局長

簽名我才能坐得上特勤中心的直昇機飛阿里山，不然坐車上去太花時間，還有啊，老丙，我老了是怎樣，坐車繞山路會暈車，太不像話。幫我弄點暈車藥，萬一連直昇機也暈，我的老臉往哪裡放。」

老丙吞下餡餅：「老齊，帶幾個嘔吐袋上機比較實際。」

3

飛鳥喘氣快步追來，石天華與羅蟄互看一眼，她終究還是趕到了。

「唉，飛鳥，我和小蟲應付得過來。」

「你們出賣我。」

石天華沒回應，他叫阿里山分局讓飛鳥填一堆申請入山證的表格，刻意延誤她的時間。

「小蟲停職，石天華，你不是專案小組的成員，不關你的事。而且用爛招攔阻我，學長，卑鄙。」

石天華不能不回應了：

「咦，阿財呢，他在地的，沒陪妳來？」

阿財明明淡水人，不過曾經派駐於嘉義市警局三年，建立不少在地關係，被飛鳥趕下車後不久，他喚來一輛警車，拉起警笛進阿里山國家公園，用手機東問西問，早一步得知曾有晚輩去探視失智的阿嬤，早一步得知三名缺少裝備的年輕人闖進眠月線。不過他沒吭聲，進派出所的所長室連嗑兩碗泡麵，當飛鳥在前面執勤室填表格時，他從後門上警車直接去塔山步道登山口。

「阿財不是臨陣退縮的人。」羅蟄焦急地問。

「哈囉，上面下令要你們回台北向專案小組報到，要阿財怎麼辦？他有老婆小孩要養。」

「現在怎麼辦？」飛鳥已經檢查槍，她上膛了。

羅蟄搶在石天華前面開口：

「我走鐵道橋過去。」

「為什麼你？」

「兩個原因，何乃成和我見過面，我模擬過他，雖然時間短，多少比妳了解他的心態。」

「我呢？」

「飛鳥，妳體能好，身體輕，看到枕木沒？」

「怎樣？」

「妳從橋下抓枕木吊單槓過去。」

「我覺得有陰謀。」

「我們一明一暗，何乃成如果在橋那頭等我們，見到我應該會想逗我一陣子，注意力在我身上，妳從橋下盪過去，出奇不意。」

「吊單槓花時間。」

「老大講過一句話。」

「沒空聽。」

「老大說，田徑場上有短跑選手，也有跑馬拉松的。」

「還有丟鐵餅的。」

「不管長跑、短跑，同樣是一面金牌。」

飛鳥沒嗆羅蟄，她打量枕木，看向消失於對面黑暗裡的橋樑盡頭。羅蟄向石天華眨眨眼：

「麻煩天華哥守在後面，你槍法準，掩護我們。」

石天華嘆口氣：

「人家憐香，我只好惜玉。」

「你們講什麼？」飛鳥回神了。

羅蟄建議吊單槓似地在橋下抓枕木，一條條的吊至橋的另一頭。主意不錯，隱蔽；泥水使枕木滑溜不好抓，冒險。他相信飛鳥會接受，她喜歡挑戰性強的工作。

「我吊過去，然後呢？」

「先躲在橋洞底下，有機會就跳上去，救朱予娟第一。救出人質，對付何乃成容易多了。」

「吊單槓慢，我先出發。」

飛鳥小心地步下泥濘的山坡，縱身往上一跳，兩手精準地抓住枕木。吊單槓重點在於維持重心，她維持得很優雅，兩腿上收，一手接一手無聲地向前進發。

「你呢？」

「手電筒來，我走橋上的枕木。」

「檢查裝備。」

「我的槍上繳了。」

「沒槍還來當英雄？」石天華遞來槍。

「不用，我用槍違法。」

石天華斜眼看羅蟄：

「停職的人跑到阿里山，你早違法。同意飛鳥，你有陰謀。」

「不是陰謀，處理員殺人從來不用槍，他喜歡用手殺人的觸感，用槍當然遜了。即使他用槍，也不會準，這種風，這種雨，學長，十公尺外能打中神木那麼大的目標是不是該偷笑？」

「小蟲，別跟子彈打賭。」

「不賭，我想辦法和他拖一陣子，給你和飛鳥機會。」

「給我機會？隔這麼遠，這種風，這種雨，十公尺內打不中神木，叫我打中幾十公尺外的何乃成？」

「你是警界有名的神槍手，我信任你。」

「大可不必。這樣，等下如果何乃成現身，你手電筒筆直朝前面照，我罩黑雨衣跟在你身後，他看不到。」

「隱形披風，學長腦子好。」

「不好。好或不好，同樣一面金牌。」石天華脫下雨衣罩住頭，「短跑、馬拉松的話是老大說的？」

「算是吧。」

「小蟲，我看飛鳥說的對，你很陰謀。走。」

羅蟄踏上鐵道橋，放慢速度努力辨識腳下的一條條枕木，石天華弓身緊跟他身後，影子似的，何乃成以為他是警察抓不到的無戶籍流浪國民，這次他將遇到更難捉摸的影子警察，經驗老到、無家無室的台灣前三名神射手警察。

◇　◇　◇

「他想強暴我。」

「靈靈，別聽警察的話，我強暴她幹麼。」

「妳看到，我的衣服被他剝光。」

「朱予娟，再開口試試看，又沒有胸部，誰要看！」

「他對我打手槍，噁心得要命。」

「靈靈，妳看著，我現在解決她。」

何乃成尚未發現走在橋樑上的羅蟄，但羅蟄停下腳，風勢捲著人聲傳來，他馬上關了手電筒。

「為什麼早叫你解決不解決？」另一個女孩的聲音。

「我想抓她當人質。」

「我們需要人質做什麼？你想上她，看到女生你就忍不住，天天看色情網站，天天打手槍，衛生紙也不沖掉，滿屋子漂白藥水味，豬。」

「怎麼可能，別聽警察的。靈靈妳清楚，我們不能分開，她挑撥不了我們。」

「他叫我屁股對他。」朱予娟的聲音。

「閉嘴，不要臉的條子，妳自己翹屁股叫我上。」

傳來朱予娟的驚呼聲。

「怕了？剁豬骨頭的剁刀，我在妳肚子剁一刀，腸子自動流出來，粉腸那樣；在妳大腿剁一刀，比噴水池噴得還燦爛；最後朝妳後頸剁一刀，剁斷妳第四根脊椎，妳的頭和身體只一層薄薄的皮肉還連著──」

風勢不停改變，人聲斷斷續續，石天華確定聽到「屁股」，羅蟄應該聽到「剁刀」，飛鳥可能什麼也沒聽到，吊枕木比吊單槓更需全神貫注。

中間一段枕木斷了，怕後面雨衣下的石天華看不清，羅蟄用鞋尖指指。風從左側山谷捲上來，遇到右側岩壁再往上升，橋樑幾乎處於漩渦中央，很難穩住身子。飛鳥兩隻手從空隙伸出來抓住枕木，兩腳纏住橋樑支架的休息。羅蟄彎腰蹲下握住飛鳥的手：

「可以？」

飛鳥的另一隻手豎起拇指。

羅蟄聽後身後的呢喃：

「求求你們去開房間。」

「看你惹的麻煩，就會找麻煩，那天你為什麼非抱走她不可？」又是靈靈稚嫩尖細的聲音。

「不是啦，靈靈，過去的麻煩都是我解決掉的對不對？」

「都你解決的？不是我在馬偕銅像旁叫她，你有機會從後面制住她？笨，連女生也抱不住，要不是我開那一槍，你早被她摔到地上。」

「她中槍，有人跑來，我除了抱起她跑，有其他方法嗎？」

「你想抱個女生回去搞，拜託，她是女警察，不是女生。」

「我殺她給妳看。」

「你爸爸也是你殺的，我聽到你們的談話。」朱予娟的聲音，「殺了剁成七塊。殺親生爸爸，你根本不是人！」

朱予娟正設法拖延時間。

「你懂什麼？我操你死條子再開口看看，誰說我殺我把拔，他心臟病死的。」

「你殺何金生，」朱予娟拉尖嗓子，「我追到北投就只見到你和靈靈，就猜何金生是不是死了。」

「妳去問碟仙，找我把拔？問到什麼？我把拔對妳說拍謝，我心臟不好，不小心死掉了？警察的腦子壞了了，世界上怎麼可能有碟仙。被打敗，妳找碟仙，還有個乩童模擬我，笑死人。」

「碟仙找到你爸，何金生。」

「騙肖。」

「你爸說，他很冷，沒有子女祭拜，清明節沒人掃墓，你不孝順。」

「會編故事，朱予娟，再說啊，說點我不知道的。」

「他說，你真的要聽？」

「說。」

「你爸說，叫成成跟靈靈的阿嬤聯絡，他還小照顧不了靈靈，不要勉強。」

隔了好幾秒才聽到何乃成的聲音：

「碟仙找到我爸對妳說的？」

「他還說，勸靈靈去阿里山找阿嬤，阿嬤一直愛她想她。」

「亂說，把拔心臟病，他死前對我說——靈靈，妳也聽到，把拔說不管發生什麼事，我和妳一定不能分開，不然妳一定會被社會局分給阿里山的妳阿嬤。妳不喜歡阿里山，他叫我不要離開妳。什麼叫靈靈找阿嬤，亂講。」

「哼哼，」是曾又靈的聲音，「讓她說。何乃成，你就是忍不住，什麼事都忍不住，為什麼殺北投姓嚴的房東，搬家就好了，埋屍體也不埋好，結果被警察一路追來。」

「靈靈，我——」

「早叫你搬家，自以為了不起，什麼都擺得平？還想玩女警察和那個什麼乩童刑警。何乃成，你有病。」

「不准這樣說我，我都為了妳。」

「抓這個女警察留到現在也是為我？想上？現在上啊，要不要我幫你？」

「你殺了你爸爸何金生，何乃成，你是人渣——」

「賤貨，閉上妳的嘴。」

一陣強風刮走所有聲音，羅蟄想加快腳步，趁何乃成的注意力放在曾又靈和朱予娟身上，與石天華發動奇襲，不幸他動不了，他蹲下身兩手抓緊枕木，風的力量使他產生兩條腿已飛騰在軌道上的錯覺。

兩隻手抓住他，後面的石天華抓住他腰帶，下面的飛鳥抓住他手臂，三個人在那一刻融為一體。

◇◇◇

「把拔不是我殺的！」何乃成吼叫。「我如果留他在屋裡被你們唬爛條子發現，一定會叫社會局拆散我和靈靈。靈靈對不對，社會局不甘心把妳交給把拔，看不起我們家，窮是罪嗎？」

「殺不殺她？把拔死了，你該處理是女警察？不然把槍給我。」

「我會處理，不過他們不能誣賴我殺把拔，妳在那裡，妳幫我把把拔拖進浴室，很重，我肩膀差點脫臼。妳說隔壁巷子陷出一個洞，工程車往洞裡灌水泥，屍體丟進去不會有人發現。」

「他脫走我的內褲。」朱予娟打斷何乃成的話。

「妳不用穿內褲，騷屄。」

「妳才是小浪女。」

清脆的耳光聲沒被風雨吞沒。

「再說我殺把拔看看，我一刀一刀割妳的肉。你們警察不會懂，不把把拔分成七塊丟不進那個洞，把拔不會生氣，他知道我只能這麼做。我把他的身體用保鮮膜包好，再包塑膠袋，蟑螂老鼠咬不到。我去慈佑宮請道士為他誦經，警察懂什麼，一天到晚等便當吃，你們警察都是米蟲。」

「你殺了你爸。」

「靈靈，妳和我一起去拜過，把拔最愛妳。」

「他是你的把拔。」曾又靈的聲音模糊在風雨聲裡。

「也是妳把拔。」

「何乃成，我的把拔在三歲時候就不見了，我媽把他的照片全刪掉，我連他長什麼樣子也不記得。第二個爸爸只想關起門搞我媽，野獸，連晚飯都忘記給我吃。你把拔是第三個。」

「可是把拔明明對妳最好。」

「對我好不好不重要，何乃成，你猜我最怕什麼？最怕我媽再嫁一個男人，我得再假裝可愛小公主要新爸爸抱我。他們不愛刮鬍子，磨得我的臉痛死，還以為我喜歡被他們親。」

「不要這樣說，把拔真的愛妳。」

「比你還愛我對不對？」

「我是妳哥——」

「哥？叫你殺掉追我們的人，為什麼故意不聽？你想我被送去社會局，讓又一個男人摸我頭說：靈靈，叫我爸爸。何乃成，你懂那是什麼感覺嗎？」

「把拔不是那種男人。」

「你罵警察笨，你更笨。」

用爬的。羅蟄兩手往前抓住枕木將身體往前拉，飛鳥兩腳朝上勾往枕木再伸手抓前面的枕木，他們快錯過最好的機會，可是風雨沒有停歇的跡象，羅蟄甚至聽得見衣服磨擦枕木的水聲。

石天華甩出一節繩子，羅蟄將繩頭綁在腰帶，另一頭繞枕木一圈，不能被風刮下鐵道，何乃成與朱予娟就在前面。

「靈靈，不要罵我笨，我拚死也不讓社會局的人帶走妳，誰來我殺誰，我真的是妳哥，把拔叫我照顧妳。」

「你爸沒說，你爸說為什麼把他丟進水泥，為什麼讓他僵在那裡九年。碟仙喚來你爸的靈魂，他說的。」

「拜託，把拔死了九年咧，他早投胎轉世了。」

「你用你爸當藉口，其實你根本愛上曾又靈對不對？」

「殺了她。」

「靈靈，放心，我一定殺掉死條子，要她死得比以前幾個更難看。靈靈，妳念大學一定要住校？」

「說過五百次，何乃成，受夠你了，你偷用我的洗髮精，別想賴，我聞到你身上歐舒丹的味道。」

「不是不是，我自己買的，怕妳誤會，洗完澡都收回我房間，不信——不信你問朱予娟。朱予娟妳說，我是不是拿歐舒丹讓妳洗澡？」

「他叫我用歐舒丹抹下面，他喜歡看。」

「就知道你偷用我的，豬，你也是豬。」

「我先殺她。朱予娟，妳的槍，想不想嚐嚐警察子彈的味道，聽說你們很多警察用警槍自殺，我把拔以前每次吃餃子都要喝一碗煮餃子的湯，他說原湯化原食，用警槍和警察的子彈射自己，爽欸。」

「開槍啊。」

「公務員最無恥，表面上假惺惺，何小朋友，功課上有什麼問題儘管來找阿姨？成成，吃過飯沒，你爸今天煮什麼給你吃啊。吐，每次聽到就想吐。我們一家好好的，為什麼一天到晚想拆散我們？別以為我不知道，社會局找過靈靈問把拔對她好不好，問把拔有沒有摸她。你們希望靈靈點頭就可以把她帶走，再抓把拔去坐牢。」

「何乃成，你有完沒完？」靈靈尖聲地罵。

「靈靈，妳沒殺人，我們為妳作證。」朱予娟的口氣漸漸夾著顫抖。

「朱予娟，妳懂什麼，我們兄妹，誰再挑撥也不能拆散我們。我殺妳像踩死蟑螂。」

「你到底殺不殺她？你為什麼留她到現在？」

「他是處男，他從沒有碰過女生。」

「何乃成，這次女警察說對了，你真的想找個女人上對不對，終於被你找到了？找到了這麼多天你為什麼不上？沒做過，不敢？」

「我做過！」

「跟誰？何乃成，你每天只會打槍。」

「我殺了妳這個賤屄！」

「有人！」靈靈喊。

「什麼人？」

聲音朝鐵道橋一步步地逼近。

飛鳥身體幾個收縮後，落進橋樑盡頭下面稍有坡度的岩石，她蹲得很低，風吹走她的帽子，在空中忽高忽低——

「誰？」

「誰？」

何乃成的手電筒撕破黑暗地駛上軌道，羅蟄鬆開繩子地坐起上半身。光線打到他臉上，羅蟄鬆開一隻手拿起電筒也將光線射回去。

是假金鎮國，是何乃成。

何乃成一手電筒一手槍，羅蟄一手電筒一手仍緊緊抓著屁股旁的枕木。

4

海豚直昇機落在公園入口處前管制的柏油路面，三輛警車接了人即奔阿里山閣大飯店，嘉義市警局於頂樓設立臨時指揮中心，已經展開布署與聯絡。好消息是何乃成脅持兩名女子進入眠月線，石天華領羅蟄已跟進去，南投警局封鎖了溪阿縱走的溪頭山道。壞消息是電訊依然不通，夜空雷電齊作，無法掌控石天華等人解救被綁架者的情形。

林務局調動柴油車頭推兩節運木材的板車以很慢的速度駛進眠月線，前面十多名林班人員檢查軌道，碎石與雜木太多，不清除乾淨隨時可能導致翻車。

局長留在指揮中心，齊富與小蘇率人搭板車前進眠月線。車輛僅能停在斷崖處，所有燈光集中打向對面的明隧道，不見動靜，但小蘇發現留在路邊的防水袋裡面是羅蟄換下的衣服與他的服務證。

沒錯，他們進去了。

土石流如小瀑布，徹底切斷眠月線，警方過不去。局長透過無線電通話器傳達消息，林務局人員找出之前的監視器畫面，確是何乃成脅持曾又靈與朱予娟進入眠月線，他已請南投警局組織一隊人從溪阿縱走的山路往阿里山，兩邊圍堵何乃成，同時直昇機停於嘉義機場待命。

「既然確定何乃成在裡面，小蘇，問林務局，想法子打一根繩索到對面，我們拉出一條索道，得送人過去支援天華他們。」

「老大不會要過去吧？」

「長官的悲哀，」齊富望著聚光燈照射下益發黑暗的對岸明隧道深處，「我們老了，沒氣力跑到前面率隊衝鋒陷陣。」

「老大別這麼說。」

「凡事一體兩面，」齊富笑瞇瞇地看小蘇，「當長官可以命令年輕的部下冒生命危險冒大風雨，吊繩索去對面。」

「不會吧。」小蘇直覺地回答。

「會，我們會說為了任務，為了社會，為了你們以後的退休金，衝啊，殺呀，然後一堆學弟妹、年輕警察跌進山谷。」

「啊？」

「我破案，再記一次大功，說不定退休前升刑事局長過過官癮，更說不定升警政署副署長，每年清明節來阿里山為掉進山谷的部下上香，媒體誇獎我心疼部屬，難得的好長官。為了宣揚我的仁慈，說不定弄一缸子你們的平安符掛在眠月線上，讓沒事幹的觀光客打卡。」

「明白了，我去找林務局和阿里山派出所商量，請他們找攀岩高手幫忙建索道。老大，給我十分鐘。老大要酒嗎？我問有沒有高粱。」

小蘇跑了，齊富則面對大雨繼續思考。他沒對小蘇說的是，年紀愈大思考的時間愈長，要是早十年，他不需要思考，他只會下命令：王八蛋，索道還沒架好？小蘇，你給我跳過去。

繩索打過去，釘在對面岩壁，林務局全副攀岩裝備的人員已經準備過斷崖，齊富上前拉拉繩索，挺牢的。他捏捏攀岩小子的二頭肌：

「叫什麼名字？」

「王俊仁。」

「俊仁，風雨太大，當心點，我們不能少了你。」齊富打從心底地說。

老年人容易感傷，容易說真心話。老年人連看韓國綜藝節目《一日三餐》都會掉眼淚。

但王俊仁還沒邁出腳步，對面傳來一聲槍響，很微弱，被風蓋住，被雨壓住，不過仍是槍聲。

十幾把長短槍瞄準對岸，齊富鼓勵王俊仁：

「我們掩護你。」

王俊仁腰間的勾環掛上繩索，兩手兩腳攀定，他向齊富比隻大拇指，風雨吹得繩索左右擺盪、上下搖動，王俊仁一寸寸地往前，就在他接近中間點，又一記槍聲傳來，很悶，悶得像槍打在汽油桶裡。

5

何乃成舉著的警用PPQM2槍口出現在羅蟄的手電筒光圈內，但只看得到槍和半個身子。

「退後，退出橋樑，警告你，我心情不好，別惹我。是乩童刑警，追到這裡，厲害，你喜歡荒山野外，上次的碟仙好不好玩？」

「何乃成，你帶靈靈跑路，何必拖著朱予娟，把她給我。」

「警察很不幽默，你終於找到我，不講點開心的事？」

「很難開心，沒看新聞？所有媒體已經用『乩童警探眠月線大戰處理員』做標題了，阿里山派出所交通管制，把一百多名記者攔在沼平車站。是不是很爽？」

「真的假的，條子愛打屁。」

「開槍，叫你開槍。」靈靈口氣焦急。她的聲音近，大概在何乃成身後。

「他死定了，靈靈，妳來看，不必開槍，等風把他吹下山。喂，乩童，他們標題下錯了，應該是『處理員作法，乩童刑警成落湯雞』，要不然『乩童刑警請不到神明，阿里山吃鱉』，我覺得吃鱉好。」

「要不然這樣啦，『處理員九年苦戀』，更好。」

「他說什麼？」靈靈也在橋樑口。

「乩童，你找死。」

「有個記者跑進復興崗你家，他發現客廳的燈不亮——」

「閉嘴。」

「記者以前好像學過水電，好心幫你們家換吊燈的燈泡。」

「我們家客廳的吊燈怎樣？」

「沒事，條子愛唬爛。靈靈，他在測試我的脾氣。」

「結果發現一堆照片，哇，感情豐富，他們半本雜誌都登你們的照片。」

「什麼照片？」

「他找死，靈靈，妳退後。」

何乃成走進手電筒的光圈內。

「乩童，不想殺你，你逼我的。」

「殺他，何乃成，你他媽man起來，開槍打爆他腦袋。」

「我打得他滿頭番茄醬。」何乃成略偏頭的對後面喊。

羅蟄稍稍朝左移動位置，何乃成已經踏上橋樑，風吹得他不得不彎腰。

「會用警槍嗎，這裡沒有枕頭。」羅蟄抹掉臉上的雨水。

「嘿嘿，我先射你的腿，看你還有沒有力氣打屁。」何乃成得意地笑。

槍口瞄準羅蟄，距離不到十公尺。羅蟄身後也有一把槍，石天華一手抓小蟲腰帶後面，一手緩緩從小蟲右腿旁伸出槍口。

「處理員，要先打開保險，你不會用槍是不是。」

何乃成看看槍。

一般槍枝的保險裝置在握把附近，類似鈕、片、點，撥動或按下以解除保險，PPQ制式警槍沒有傳統的保險鈕。

他不耐煩地放棄找保險，再將槍口對準羅蟄，風太大，為了握穩槍枝，他顫抖地站直身子，兩手握槍，完全曝露在羅蟄手電筒的光線內。

石天華又拍羅蟄屁股，他不能不再往左挪。

「沒找到？處理員，你這樣不行，連槍也不會用。」

「少雞歪。」

「這是德國新式的半自動手槍，用扳機保險，聽過吧？」

「怎樣？」

「扳機分兩道，先摳一半，打開保險，再摳另一半就能射擊。」

「開槍，笨蛋，開槍就對了，」靈靈吶喊，「我打朱予娟根本沒管保險，按保險就對了。」

「射擊完，警槍會恢復保險狀態。是靈靈嗎，我是羅蟄，大家叫我小蟲，妳冷不冷？」

「聽你廢話。」

何乃成手中的槍再向羅蟄瞄準。

「曾又靈，別學妳哥哥，要進大學了，妳會交很多新的朋友，不用再到處搬家，你不欠何乃成什麼。」

「你等什麼？再不開槍我來開。」

何乃成重重摳下扳機，碰的一槍打得他向後退，子彈穿過風穿過雨，羅蟄能聽得到它飛過耳邊的聲音。

又一聲「碰」，羅蟄的大腿右側感覺得到子彈拉動褲子表面的力量，而後穿過風穿過雨地射進何乃成右肩頭。羅蟄聽到身後的幹聲：

「靠，算錯風向。」

石天華太謙虛，或者對射擊的信心過度強大。

對面傳出聲音：

「靈靈，沒事，他們一個也跑不掉，我先殺了朱予娟。」

羅蟄與石天華沒看到何乃成怎麼對付朱予娟，可是他們看見飛鳥彈起身，如一隻拉長身體的黑貓般竄入黑暗。

所有事情變化得很快，羅蟄幾乎被石天華從枕木提起，兩人忘記風雨地向前狂奔，腳下的枕木被踩得吱吱作響，打在臉上雨點發出啪啪聲，他們撞上風幕，兩眼幾乎睜不開，手電筒撕開黑暗，照射出搖曳的人影。

何乃成一手持刀一手勒住朱予娟脖子的擋在靈靈前面，飛鳥單腿跪姿，上身前傾，左手戰術匕首，兩眼牢牢盯住她的目標。

泥水裡躺著警槍，和躺在馬偕博士面前小艇內的槍不同，它沾了泥、沾了分不清是水是泥的血，另兩道鮮血則在何乃成的腿上與持刀的右手臂。

飛鳥舉起匕首，刀尖也滴下血。

又多了一道鮮血，何乃成手中的剁刀往朱予娟脖子畫了一下。

「何乃成，你沒有退路，放了她。」羅蟄喊。

何乃成兩眼冒出凶光架著朱予娟往後退。

「殺了她，你還不快殺了她。」

靈靈的目光更銳利，她扭曲了臉孔，舞動四肢，她張開嘴露出利牙地向羅蟄與石天華吼叫：

「何乃成，你再不殺她我殺你。」

何乃成抬起持刀的手，就要往下剁時，電筒光線外的黑暗傳出樹枝樹葉的撞擊聲，一個巨大的黑影飛下，準確地落在何乃成頭頂，同時傳來他低沉的聲音：

「拓克路。」

◇　◇　◇

眠月線的起點是阿里山森林火車的沼平站，從這裡開始步行彎進廢鐵道，經過第一明隧道後是坍方的懸壁，攀爬過去後是長四百多公尺的第二隧道，沒有光，沒有燈，而後抵達已傾斜隨時可能解體的塔山車站。

他們避開塔山車站，轉移至更接近溪頭方向的第五隧道避風雨，再往前約四十分鐘的路程將可抵達眠月線終點的石猴車站，附近的鐵道旁突起的岩石，從某個角度看，恰似看著山谷處於凝思中的猴子，可惜地震後猴頭崩落，永遠無法修復。

從索道送來了四名支援警員，他們只能為嫌犯戴上手銬、包紮傷口與止血，無法立即送回台北接受審訊。補給物資陸續送到，一箱泡麵、一大罐水、一袋冷饅頭、三個睡袋，林務局人員破例地於國家森林保護區內生起一把小火，披睡袋的朱予娟以發抖的手捧著鋁杯喝熱水，忙碌的阿財則以暴力將兩包泡麵肢離破碎地硬塞進露營用的帶柄鋁鍋內煮他的消夜——兩包麵用了四包分的醬料袋，他得意地對羅蟄笑：

「乩童，不吃麵喔，吃飽好睡覺啦。」

羅蟄對阿財的從天而降感到好奇：

「你搭直升機？」

阿財看著飛鳥笑，怕以後看不到，現在看夠本的看法。

「沒坐過直升機也不想坐，我從塔山過來。乩童，GPS，你以為我阿財買了手機不會用喔？」

其實所有人都該感謝阿財，可是沒機會，而且阿財似乎對空洞的感謝不感興趣，他覺得泡麵實在，如果簽下保證書讓他以後每周看飛鳥若干小時，他會更滿足。

一名警員看守下，何乃成坐於隧道口看著風雨漸小的山谷，曾又靈未上手銬，仍由警員盯著，她不吃麵不喝水，她不停地以鞋跟戳濕軟的泥地。

局長以軍用通話機輪流嘉勉參與捕獲處理員的屬下，對朱予娟講了將近五分鐘，倒是齊富沒聲音，可以想像他兩手背腰後站在局長旁擋風擋雨的姿態。

他更像石猴。

兩名鑑識中心的同事放棄現場搜證工作，總不能捕風捉影地帶回台北當證據，幸好一把剁刀、一把警槍的兩樣凶器保存完整。

石天華和羅蟄決定陪阿財吃泡麵，他們同意阿財是今夜最大功臣，而眼下唯一能表達謝意的只有陪他吃麵了。

阿財吃麵的方式亦極端暴力，大有兩包泡麵三口吃完的意圖。

飛鳥煮好一碗要送去給曾又靈，被一把推翻。

「弄警察，你爽？為什麼不再爽下去？何乃成，你是死宅男，廢物。」

何乃成低下頭地沒回嗆。

「叫你殺警察有這麼難？在淡水就該當場解決，朱予娟到學校找過我，你居然還不警覺。誰盯上我們，一定要解決，是不是我們講好的？我去派出所查她巡邏的班表，我去咖啡館找露露打聽到她去請碟仙，他都追到我們腳後跟了，你呢？你爸說的對，愛出鋒頭會害死人。我把女警察騙得背對你，一刀下去有這麼難?你想打炮想瘋了。偷拍我,偷看我洗澡,偷我內褲,不要臉的程度沒有極限。」

石天華朝其他人使個眼色,大家繼續吃麵。

「現在拖累我。何乃成,你姓何,我姓曾,我的曾和你的何、你死老頭的何沒半點關係。真虧,我媽沒一次嫁對,她眼睛抹了牛大便。碰到你們這些人,我倒五輩子的楣。」

何乃成有氣無力地開口:

「別說了,靈靈,他們拿我沒辦法,把拔自然死亡,北投姓嚴的爛貨,他們找不到證據,其他的,他們只有菜頭這個證人,他們沒有我殺菜頭的證據。最多綁架朱予娟。妳不要怕,判不了幾年牢,我很快出來。」

「謝謝,不必,何乃成,你最好在裡面蹲一生一世,我們當作從不認識。我不是你妹妹,打死我也不會和你上床,聞到你們父子身上的油味我就想吐,你爸還有煙味,你衣服永遠不乾,一年到頭的潮濕味夠嘔,不曉得我媽怎麼受了你們家。」

「不要這樣講,妳是妹妹,靈靈,把拔說的,我們不能分開。」

「你一定要我吐就對了。」

「我一直照顧妳,把拔死了以後,我幫妳找學校,幫妳做三餐——」

「不要再『為我』,沒你我活得更高興,更自由。」

「不,等我,我很快出來。」

何乃成站起身看曾又靈,警員制止他走過去。

阿財仰起脖子喝下最後一口麵湯，石天華小口小口地吃個沒完，飛鳥已經鑽進睡袋遮住頭臉，羅蟄吃不下，他脫了鞋脫了襪，痛恨腳被黏濕的不快感包住。

「你再看我一眼試試看。」曾又靈再開罵。

「靈靈。」

沒人來得及反應，曾又靈忽然往前衝，跳起至半空的一記迴旋踢，右腳剛好踢中何乃成胸口，何乃成退了一步，腳下的泥往後滑，他兩手往前伸地想抓住風或抓住雨，什麼也沒抓到，他未出聲地朝後倒，誰也沒機會伸出拉住他的手。

6

「朱予娟，妳真的見到碟仙了啊？」

不論碟仙出現與否，小蘇都不能寫進筆錄，他單純的好奇罷了。

「小蟲，你呢，說說嘛，我從來沒請過碟仙。」

前乩童的刑警也不回答，他從口袋摸出一件不重要的證物送給小蘇，那晚的碟子碎片，還看得出碟緣以紅筆畫的箭頭。

整件案子若要交代得符合邏輯，朱予娟因請碟仙而了解何金生早已死亡，羅蟄因請碟仙而見到何乃成。兩名當事人卻不約而同地拒絕回答。

齊富走來瞄了小蘇的螢幕一眼：

「聽說過張大千這個人吧？」

「聽過，畫家。」

「張大千年輕時候眼睛好，進敦煌石窟描洞裡牆壁上的畫，學八大山人、石濤的畫法，好學不倦，成為大師。老了，眼睛幾乎看不見，管他媽的筆勁、線條，把油彩往畫紙上一倒，搞了潑墨山水，欸，價錢比以前貴幾十倍。」

「老大，你愈來愈哲學，我跟不上。」小蘇嘟著嘴說。

「哲學？我是告訴你筆錄模糊一點比追根究底更討長官喜歡！」

「這樣噢，可是——」

「朱予娟發現何金生行蹤成謎，進而懷疑何金生已死亡，乃追查其子何乃成與養女曾又靈之下落，誤中何乃成計謀被綁。懂嗎？筆錄要精簡，你以為檢察官、法官都中文系畢業的，少看到一個字會個癮地癢得難受？」

「那碟仙趴呢？」

「羅蟄追查朱予娟下落，亦發現何金生父子關係不尋常，賴本局新成立之凶模組訓練，探討凶手心理，而掌握凶嫌何乃成之計畫，惜個性過於疏懶，以致未能於碟仙遊戲之聚會中認出何乃成。」

「小蟲，老大陰你。」

羅蟄起身拉拉筋：

「小蘇，長官最大，他的聲音大、動作大、天天坐真皮旋轉椅坐得屁股更大。」

小蘇張大嘴不知怎麼接話，是齊富接的：

「我再說一次，小蟲，我懷念你以前拍長官馬屁的態度。」

◇　◇　◇

沈董事長躺在床上，熟悉的場景，防菌罩、氧氣罩和一堆從他身體拉出來的管線。本來醫院要求探病者穿罩住全身的隔離服，但沈董兒子搖手：

「我爸已經這樣，最不怕的就是病毒。」

不過護士依然朝每個人手掌噴酒精，盯著他們搓手，像看停在玻璃上的蒼蠅搓腳。

八月的防疫造成若干副作用，外勤的羅蟄臉上因口罩而被曬成兩種顏色，內勤的齊富則老向丙法醫抱怨他手掌冒出紅疹，懷疑搓酒精搓出皮膚病。

偌大的頭等病房，被機器包圍的病人，羅蟄貼著病床，感覺床墊傳來老人沉重的呼吸震動。

「沈董，是我，刑事局的刑警羅蟄，我冒充處理員，對不起。」

病人費勁地抬起右手食指，他兒子懂，交代看護撤去防菌罩。

他是病房內唯一不戴口罩的，他戴氧氣罩。

「等待死亡有兩種辦法，」新任的沈董不帶感情地說，「送安寧病房，除了健保範圍內的止痛藥劑，沒有其他的。要不然進這種頭等病房，打醫師建議的自費營養劑，儘量延長病人的生病。我爸有錢，我是他兒子，我的一切來自他，我得不計價錢地有什麼營養劑打什麼營養劑。」

他握住父親的手，輕輕撫摸滿是皺紋的手背。

「有錢的好處是死得緩慢，不過還是得面對死亡。人生最後絕對的公平。」

齊富坐在床旁唯一的一把椅子，看了新任沈董一眼，兩人有默契地交接病人的手，齊富沒握老人的手，怕捏碎地似的小心將老人枯乾的手掌置於他粗厚的手掌中央。

「沈董，我是白目刑警羅蟄的長官齊富，刑事局副局長，教出這種徒弟，我當然也好不到哪裡，一起來向董事長致歉。」

老人的手抽動幾下。

「死亡應該是件美麗的事，幾十年的時間走完悲歡離合的人生，然後壯烈地，不後悔地，留下親人懷念我們的回憶。羅蟄，冒牌的處理員，他問過我如果依你們之間的約定，他是不是該來殺你，如果殺了，而且你簽下同意書，他算謀殺犯嗎？我想了很久，法律想對殺人分等級的定義，殺父母的、激於義憤殺人的、母親產後殺子女的、教唆或者協助殺人的、過失殺人的，判的刑罰輕重不一。」

老人的手顫抖得更厲害，看護原要上前照顧，病人兒子拉住她。

「羅蟄和你見過一面，他即使依照你的要求殺你，明知不可殺而殺，泯滅天良，法律上當然是謀殺罪，唯一死刑，法律的基本精神就是以牙還牙，以眼還眼，沒的爭議，可是法律沒辦法更詳細地將羅蟄殺你分成另一類，說實在的，因為殺你和殺其他人不同……董事長，當中牽涉了感情、憐憫、將心比心。日本有部電影《楢山節考》，年輕人沒看過，你我的年紀說不定看過，小村莊的老人被送進深山等死，免得分食年輕人的糧食，有個老人身體還很好，他拿石頭敲掉自己牙齒破壞健康，為的是早點被送進深山，家裡少一張吃飯的嘴，子女輕鬆點。老哥，謀殺你不同於其他的謀殺，深度不同。」

老人的手已捲曲得緊緊抓住齊富手掌。

「忍著點，我們最後喪失尊嚴地勉強活下去不為自己，為家人，不留任何遺憾給他們。」

「對不起。」羅蟄說。

「是啊，對不起。」齊富回握老人的手，「我們毀了約，能補償的，董事長，您兒子同意，羅蟄會陪著您走最後一段路，處理員的責任。」

◇　◇　◇

沈老先生在三天後死亡，除了他兒子、孫子，羅蟄也守在病床旁，見證老人死亡的親人同意下，拔除所有維生管線，羅蟄參與了一小部分，他慢慢地抽出老人靜脈內的針頭。

這樣算完成當初他的承諾嗎？

齊富未進病房，他在門外寧靜的走廊閉眼致意。當羅蟄步出病房，齊富轉身大步走向電梯，羅蟄跟著，等電梯時回頭看了一眼，不是一道灰影，好幾道、十幾道的淡灰色影子飄著、蕩著，他想到朱予娟日記上寫的：流蕩。靈魂和失憶的老人同樣地飄流，漫無目的地蕩在已與他們無關的、吵雜且混亂的世界。

「小蟲，飛鳥說你用了我的話，短跑和馬拉松的。」

「是。」

「我什麼時候說的？」

「不記得了。」

「真是我說的？」

「好像。」

「最後一句是什麼？」

「都同樣是一面金牌。」

「金牌。嗯。」

通往電梯的長廊很長，長得走不完。

「人生下來就知道終究要死。」

「是。」

「不知生，卻知死，人生重要的無非的是過程，滿意了?沒遺憾了？」

「老大說得深奧。」

「比亂七八糟的金牌好多了吧。」

「是。」

「以後把馬子瞎掰，別用我名字。」

他們終於走到電梯前，電梯正從地下四層火速趕來十七樓迎接刑事局的齊老大。

「諾，送你樣東西。」

松山慈佑宮的平安符。

「小蘇從曾又靈背包裡找到的，有你的、飛鳥的、我的，操，沒老丙的。」

「曾又靈是共犯。」

「可能不只共犯唷，不過她剛滿十八歲，法官不會判太重的刑。」

「她不想再被分到任何家庭，認任何父母，她的動機——」

「動機？想長大，快點長大好擺脫掉以前的一切。」

他們依序步入上氣不接下氣的電梯內。

◇ ◇ ◇

雨停了很多天，距離下個颱風的威脅尚有一個星期，氣象單位預測颱風會在琉球群島轉向東北而撲向日本九州。

原本只有兩人，因為林務局規定三人成行，羅蟄、飛鳥、石天華背著登山包走出沼平車站，順著鐵軌旁的小徑走上軌道，於進入塔山前，鐵道的岔口，石天華停下腳步：

「忽然想到，林務局規定三人才能申請入山證，我們申請的是三人，可是林務局沒有規定其中一人不能因前一晚吃了麻辣鍋，臨時拉肚子而退出吧。我得回去拉肚子。」

沒理由攔阻石天華，羅蟄與飛鳥繼續他們的行程，走左邊荒廢已久的眠月鐵軌。

本來羅蟄鼓足勇氣Line飛鳥：

想不想再吃一次富霸王，順便看《天能》。

飛鳥回覆：

吃富霸王可以，看《天能》？我們腦子還沒燒壞啊？

不得不，羅蟄自認卑躬屈膝地詢問：

妳說呢？

回答得明快，像飛鳥的個性：

眠月線，上次沒走完。

反正疫情期間不能出國，反正疫情好不容易被控制住，全台二千萬人忙著報復性旅遊，眠月線是相對不擁擠的地方。反正齊富吼：叫你們休假就休假。

眠月線未必清淨，前後好幾組年輕人，走到斷崖處得排隊攀繩索過去。至少終於兩個人，走在同一軌道上。

《乩童警探》完

鏡小說

041

乩童警探：謀殺的深度

作　　者：張國立
責任編輯：王君宇
責任企劃：劉凱瑛
整合行銷：陳霈紋

主　　編：劉璞
副總編輯：林毓瑜
總 編 輯：董成瑜
發 行 人：裴偉

人設、漫畫：Peter Mann
裝幀設計：海流設計
內頁排版：宸遠彩藝有限公司

出　　版：鏡文學股份有限公司
114066 台北市內湖區堤頂大道一段 365 號 7 樓
電　　話：02-6633-3500
傳　　真：02-6633-3544
讀者服務信箱：MF.Publication@mirrorfiction.com

總 經 銷：大和書報圖書股份有限公司
242 新北市新莊區五工五路 2 號
電　　話：02-8990-2588
傳　　真：02-2299-7900

印　　刷：漾格科技股份有限公司
出版日期：2021 年 1 月 初版一刷
I S B N：978-986-99502-4-4
定　　價：380 元

國家圖書館出版品預行編目 (CIP) 資料

乩童警探：謀殺的深度 / 張國立著. -- 初版. -- 臺北市：鏡文學, 2021.01
面；14.8×21 公分. --（鏡小說；41）
ISBN 978-986-99502-4-4（平裝）

863.57　　109019370